Ich freue mich,

wenn andere Menschen

mich liebenswert finden.

Wichtiger aber ist,

daß ich mich selbst

für liebenswert halte

R. Haak

Halle, Ostern 2000

Maeve Binchy

RÜCKKEHR NACH IRLAND

Maeve Binchy

RÜCKKEHR NACH IRLAND

Aus dem Englischen von Christa Prummer-Lehmair,
Sonja Schuhmacher und Robert A. Weiß
(Kollektiv Druck-Reif)

Droemer

Originaltitel: The Return Journey
Originalverlag: Delacorte Press, New York
Die Geschichte »Ein Urlaub mit Vater« erschien
unter dem Titel »Victoria« bereits in dem Taschenbuch
»Die Straßen von London« von Maeve Binchy

Die Folie des Schutzumschlags sowie die Einschweißfolie
sind PE-Folien und biologisch abbaubar.
Dieses Buch wurde auf chlor- und säurefreiem Papier gedruckt.

Umschlaggestaltung: Agentur Zero, München
Umschlagabbildung: Horst Zielske
Satz: Ventura Publisher im Verlag
Druck und Bindung: Franz Spiegel Buch GmbH, Ulm
Printed in Germany
ISBN 3-426-19502-X

2 4 5 3

Für Gordon, mit all meiner Liebe

DIE RÜCKKEHR

Liebste Mutter,
es ist hier ja noch grüner und schöner, als Du erzählt hast. Ich genieße meinen Aufenthalt wirklich sehr. Demnächst mehr. Bleib gesund und munter.

Gina

Freda,
die Karte gestern habe ich Dir nur wegen der Nachbarn geschickt. Besser gesagt, wegen Deiner Paranoia, was die Nachbarn betrifft. Nun, jedenfalls ist sie dazu gedacht, daß Du sie herumliegen läßt, damit jeder einen Blick darauf werfen, sie umdrehen und heimlich lesen kann. In Wahrheit ist es hier einfach fürchterlich, und es regnet in Strömen, so daß ich kaum erkennen kann, ob die Gegend nun grün oder braun ist. In Wahrheit bin ich immer noch tief gekränkt und unglücklich und ganz und gar nicht in der Stimmung, Briefe zu schreiben. Und tatsächlich muß mir an Dir wohl eine ganze Menge liegen, sonst würde mir dieser Anruf vom Flughafen nicht so nahegehen. Du hast gesagt, daß Du auf Post von mir wartest, und das glaube ich Dir. Deshalb schreibe ich Dir, doch im Augenblick habe ich nichts zu sagen.

Hör endlich auf, Dir den Kopf darüber zu zerbrechen, was die Leute wohl denken oder reden. Ehrlich, sie denken sich nicht viel und reden auch kaum über uns, dazu haben sie zu viele eigene Probleme.

Gina

Liebe Gina,
Du hast mich Freda genannt, nicht Mom wie sonst, und darüber habe ich lange nachgegrübelt. Es bedeutet wohl, daß Du erwachsen wirst und Deiner eigenen Wege gehst. Zuerst habe ich daraus geschlossen, daß Du mich jetzt lieber magst, mich als Ebenbürtige, als Freundin betrachtest. Dann wieder sagte ich mir, es bedeutet, daß Du mich nicht mehr so gerne hast und Dich von mir entfernst.
Für jemanden, der angeblich nichts zu sagen hat, hast Du doch eine ganze Menge zu sagen. Du behauptest, ich sei paranoid wegen der Nachbarn. Nun, dann solltest Du wissen, daß Mrs. Franks vorhin hereingeschneit kam und meinte, sie habe einfach nicht anders gekonnt und Deine Karte lesen müssen, und wie schön es doch sei, daß es Gina so gut gehe. Also: Spionieren sie nun oder nicht? Da siehst Du mal!
Du schreibst, der Anruf vom Kennedy Airport sei Dir so nahegegangen. Aber angerufen hast Du, Gina, nicht ich. Dabei habe ich Dich nur gebeten, mir öfter mal zu schreiben. Du warst diejenige, die geheult hat, obwohl ich nur gesagt habe, was jede normale Mutter zu ihrer Tochter sagen würde, die ins Ausland geht … nach Europa. Ich würde mich freuen, wenn Du mir schreibst – das waren meine Worte. Belastet Dich das so sehr? Mußt Du mich deswegen so abkanzeln, mir eine

Strafpredigt darüber halten, daß ich mir von anderen Leuten vorschreiben lasse, wie ich zu leben habe?

All das schreibe ich nur, damit Du weißt, daß ich noch immer dieselbe bin, dieselbe komplizierte, nervöse, dünnhäutige Mutter wie eh und je. Es gefällt mir, daß Du mich Freda nennst. Hör bloß nicht damit auf, nur weil Du denkst, ich würde mir etwas darauf einbilden und etwas hineininterpretieren, was gar nicht da ist. Und schreib mir auch weiterhin, Gina. Wie Du weißt, wollte ich nicht, daß Du nach Irland gehst. Aber ich habe immer dazugesagt, daß es nur meine eigenen irrationalen Vorbehalte sind. Es gibt so vieles, was ich über Irland erfahren möchte, und so vieles, was ich lieber nicht wissen will.

Wahrscheinlich möchte ich, daß Du mir schreibst, es sei wunderschön und traurig und daß ich das einzig Richtige getan hätte, nämlich fortzugehen. Fortzugehen für immer. Ja, das würde ich wohl gern in Deinen Briefen lesen. Und es von Dir hören, wenn Du nach Hause kommst. Ich habe Dich lieb, Gina, und hoffe, daß Dich dieses Eingeständnis nicht allzusehr belastet.

Freda

In diesem Brief verzichte ich auf die Anrede, um uns weitere lange Analysen zu ersparen. Heute war ein seltsamer Tag. Ich hatte gerade die Frühstückspension verlassen, die übrigens ganz nett ist, ein kleines Zimmer in einem kleinen Haus. Die Zimmerwirtin ist eine freundliche Frau, sie erzählt mir pausenlos von ihrem Sohn, der in Boston lebt und ein »Illegaler« ist. Ich dachte erst, sie spricht von der IRA, tatsächlich meinte sie aber, daß er ohne gültiges Visum und ohne Arbeitserlaubnis in einer Bar jobbt. Jedenfalls ging ich die Straße entlang, an lauter kleinen Häusern vorbei, und wahre Horden von Kindern trieben sich nach der Schule draußen herum. Das Land kommt mir manchmal vor wie ein riesiger Schulhof. Und da sah ich einen Bus, auf dem »Dunglass« stand. Er war zur Hälfte voll. Als ich die Hand ausstreckte, hielt er an. Ich fragte den Fahrer: »Wo ist Dunglass?«, und er sagte es mir … »Aber ist Dunglass nicht nur ein einzelnes großes Haus?« wollte ich wissen. Nein, antwortete er, es sei eine Stadt. Mom, warum hast Du mir nicht erzählt, daß es sich um eine Stadt handelt? Was hast Du mir noch alles verschwiegen? Ich bin dann ausgestiegen und habe dem Fahrer gesagt, ich hätte es mir anders überlegt.

Als ich in die Pension zurückkam, war die Wirtin in Hochstimmung. Sie hatte Nachricht von ihrem Sohn, dem Illegalen, erhalten. In Boston sei es kalt, viel Eis und Schnee. Ich erkundigte mich nach Dunglass. Sie sagte, es sei ein Dorf; ein hübscher Ort, ruhig und friedlich, aber mitten im Winter würde sie nicht hinfahren, da sei es zu deprimierend. Warum hast Du mir nie gesagt, daß es ein deprimierendes Dorf ist? Warum hast Du mich jahrelang in dem Glauben gelassen, es handle sich um ein großes altes Haus, an dessen Tor »Dunglass« steht? Du hast mir sogar mal erklärt, was es bedeutet: »Dun« heißt Festung, »Glass« heißt grün. Das zumindest stimmt, ich habe es nachgeprüft. Aber was stimmt sonst noch?

Gina

Gina, meine Liebe,
wenn Du doch anrufen würdest! Ich habe versucht, Deine Nummer herauszubekommen, aber im Unterschied zu hier gibt es dort kein nach Straßennamen geordnetes Telefonverzeichnis. Fünf Tage sind vergangen, seitdem Du geschrieben hast. Es wird weitere fünf Tage dauern, bis Du diesen Brief in Händen hältst. Zehn Tage, in denen sich alles verändert haben kann. Möglicherweise bist Du inzwischen schon dort gewesen.
Ich habe nie behauptet, es sei ein Haus. Niemals. Unser Haus trug keinen Namen. Es war groß, mit Toren davor, das größte Haus in Dunglass, was allerdings nicht viel heißt. Aber von all dem habe ich nie etwas erzählt. Es gibt eben Dinge im Leben, an die man nicht ständig erinnert werden will. Fahr einfach mal hin und sieh Dir Dunglass an, wenn es klar ist und vielleicht sogar eine blasse Wintersonne scheint, so daß Du unten am See entlangspazieren kannst. Schau Dir das Haus an. Im Kirchhof auf dem Hügel findest Du das Grab Deiner Großmutter. Es wird Dich niemand kennen, aber wenn Du willst, sag den Leuten, wer Du bist. Sag ihnen ruhig, daß Deine Mutter aus Dunglass stammt und fortgezogen ist. Aber wahrscheinlich wirst du nichts von all dem sagen, da Du ja so fest davon überzeugt bist, daß sich niemand auch nur im geringsten für das Leben anderer Leute interessiert.
Ich habe Dich lieb, und Du sollst von mir alles erfahren, was Du wissen möchtest.

Deine Mutter Freda (falls Du meinen Namen vergessen haben solltest)

Freda,

hör auf mit diesen albernen Spielchen. Und laß uns aufhören, in unseren Briefen miteinander zu streiten. Ja, ich werde nach Dunglass fahren. Wenn ich soweit bin.

Und schreib mir nichts über meine Großmutter. Sie hat mir nie eine Großmutter sein dürfen. In meiner Gegenwart fiel niemals ihr Name, ich bekam keine Briefe, keine Geschenke von ihr … auf dieser Seite des Atlantiks gab es kein Familienalbum mit Fotos von mir, die eine Oma stolz vorzeigen konnte. Die Frau, die auf dem Kirchhof begraben wurde, ist Deine Mutter. Das ist es, was Dich mit ihr verbindet, warum siehst Du dieser Tatsache nicht ins Auge? Was mich betrifft, so weiß ich nur, daß sie Mrs. Hayes hieß. Du warst Freda Hayes, deshalb war meine Oma Mrs. Hayes. Spar Dir Deine Sticheleien darüber, daß ich Deinen Namen vergessen hätte, Freda, denn Du hast mir niemals auch nur ihren Namen gesagt.

Gina

Liebe Gina,

ich habe diesen Brief zwölfmal angefangen, das ist jetzt der dreizehnte Versuch, und ich werde ihn auf jeden Fall abschicken. Sie hieß Annabel, war eine große Frau mit stolzer, aufrechter Haltung. Von ihrem Auftreten her hätte man meinen können, ganz Dunglass gehöre ihr. Was auch in gewisser Weise zutraf, denn ihre Familie besaß das große Haus. Mein Vater hatte eingeheiratet, wie man so sagt. Warum sie mich auf ein Internat schickten, fort von diesem wunderbaren Haus, war mir immer unbegreiflich. Peggy, mein Kindermädchen, erzählte mir oft im Flüsterton von

Streitigkeiten, bei denen Schmuckgegenstände zu Bruch gegangen seien, aber ich konnte ihr nicht glauben, daß mein Dad ein ganz anderer Mensch sein sollte, wenn er getrunken hatte. Jeder bewunderte meine Mutter, weil sie ganz allein mit allem fertig wurde. Selbst als mein Vater fortging, verbat sie es sich, von den Leuten bemitleidet zu werden. Sie verhärtete sich, Gina, sie wurde kalt und gefühllos. Zu mir sagte sie immer, auf das Mitgefühl und die Anteilnahme der Leute könnten wir verzichten, alles, was wir wollten, sei ihre Bewunderung. Vielleicht hat das ein bißchen auf mich abgefärbt, vielleicht lege ich zu großen Wert darauf, was andere von mir denken, anstatt einfach ich selbst zu sein. Sie hatte nur eine Tochter, so wie ich. Wir haben wahrscheinlich mehr miteinander gemein, als mir je bewußt geworden ist. Mehr kann ich nicht schreiben. Ich liebe Dich. Wenn Du doch hier wärst. Oder ich bei Dir. Nein, ich möchte gar nicht dort sein, ich kann niemals nach Dunglass zurück. Aber ich möchte, daß Du hinfährst, daß Du dort Frieden und ein Stück Deiner eigenen Geschichte findest.

Freda

Liebe Freda,
danke für Deinen Brief. Ich denke, die Emotionen sind letzthin ein bißchen hochgekocht, deshalb versuche ich diesmal, ganz sachlich zu bleiben. Vergiß nicht, daß ich ja auch italienisches Blut in mir habe. Das ist eine ziemlich brisante Mischung, und womöglich geht mein Temperament noch mit mir durch. Es wird allmählich Frühling, und ich war oft in Wicklow, dort ist es so wundervoll … ich bin auch weiter nach Süden gefahren, nach Wexford … das Flußufer ist wie eine

Filmkulisse … und nach Waterford. Der Illegale ist inzwischen aus Boston zurückgekehrt, er heißt Shay. Über Boston erzählt er eine Menge lustiger Sachen, aber ich glaube, er war dort nicht glücklich. Sein Traum, sagt er, wäre eine kleine Kate in Wicklow, wo er Lieder schreiben kann. Das ist kein schlechter Traum. Ich selbst habe eigentlich gar keine Träume.
Ich mache gerade einen Volkshochschulkurs über irische Geschichte, und darin wimmelt es nur so von Träumen. Für den Fall, daß Du traurig bist oder Dich einsam fühlst, gebe ich Dir die Telefonnummer. Aber ruf nicht an, nur um zu plaudern, am Telefon geht das nicht so.
Shay sagt, wenn er und seine Mutter miteinander telefonieren, knallen sie am Ende beide den Hörer hin und fühlen sich miserabel. Das wollen wir doch vermeiden, Freda, jetzt, da wir ganz gut miteinander auskommen. Ja, und natürlich habe ich Dich lieb.

Gina

Gina,
damals war alles so anders, das kannst Du Dir nicht vorstellen. Ich erinnere mich noch an das Jahr, als ich Deinen Vater kennenlernte – schon gut, ich meinte: das Jahr, in dem ich Gianni kennenlernte, meinen späteren Ehemann. Bist Du damit zufrieden? Es schien, als würde man in jenem Jahr nichts anderes tun, als Berühmtheiten zu Grabe tragen. Brendan Behan starb, Sean O'Casey starb. Und Roger Casement … nein, ich weiß, er starb nicht in jenem Jahr, aber sein Leichnam wurde nach Irland überführt, und da begegnete ich Gianni. An diesem kalten, regnerischen Tag saßen wir in

einem Café, und ich versuchte ihm das alles zu erklären. Er war ein Amerikaner italienischer Abstammung und versuchte mir das mit dem Vietnamkrieg zu erläutern. Das war 1964. Ich erzählte ihm von den irischen Truppen, die zur Friedenssicherung nach Zypern geschickt wurden, und zeigte ihm, wo die neue amerikanische Botschaft gebaut wurde. Im selben Jahr gingen die Beatles auf Amerika-Tournee … es kommt mir vor, als wäre das hundert Jahre her.
Als Gianni wissen wollte, woher ich stamme, nahm ich ihn nach Hause mit, nach Dunglass. Und Mutter lachte ihn aus, als er erzählte, wie arm seine Eltern gewesen waren, als sie von Italien nach Amerika auswanderten.
Ich wollte nicht mit ihm schlafen, Gina. Damals war ich dreiundzwanzig, so wie Du heute, aber in jener Zeit sah man die Dinge anders. Nicht nur ich … alle Leute, das mußt Du mir glauben. Aber ich haßte Mutter dafür, daß sie ihn so von oben herab behandelte. Und ich verachtete sie, als sie sagte, sie habe mich nicht mit viel Mühe großgezogen, damit ich mich dem Sohn eines Zimmermädchens und eines Hoteldieners an den Hals werfe. Zuvor hatte Gianni voller Stolz erzählt, wie seine Eltern, Deine Großeltern, diese Stellen bekommen hatten. Und das sagte Mutter in Peggys Gegenwart, nur um sie spüren zu lassen, wie wenig sie von Peggys Berufsstand hielt.
Ich war froh, Gina, wirklich froh, als ich schwanger wurde, obwohl mich die Vorstellung, mein ganzes Leben mit Gianni zu verbringen, erschreckte. Mir schien, unsere Beziehung könne nicht von Dauer sein, wir wüßten zu wenig voneinander, und wenn wir uns besser kennen, würden wir es bereuen. Tatsächlich haben wir es jedoch nie bereut, denn wir hatten Dich.

So schwierig und stur ich auch sein mag, wirst Du doch zugeben müssen, daß ich von Deinem Vater niemals schlecht gesprochen habe. Er dachte, er könne in Dunglass wohnen und einheiraten, wie mein Vater es getan hat. Doch meine Mutter ließ ihm keine Ruhe, und mir auch nicht, weil ich mich weigerte, mir auch nur eine Minute lang ihre Schimpftiraden anzuhören.

Ich ließ mein Zimmer zurück, wie es war, mitsamt meinen Büchern, Briefen und persönlichen Dingen. Was daraus geworden ist, weiß ich nicht. Bis heute nicht. Ich schloß jene Tür hinter mir, ohne sie je wieder zu öffnen.

Als Gianni mich verließ, war ich keineswegs so traurig, wie die Leute glaubten, denn es war für mich schon lange absehbar gewesen. Ich hatte mein Zuhause in Amerika, meine Tochter, meine Arbeit im Buchladen, meine Freunde. Und ich könnte ja wieder heiraten.

Das tue ich natürlich nicht, aber ich sage mir fröhlich die Worte vor, die ich so oft von Peggy gehört habe: Vielleicht scheint am Ende doch die Sonne, kleine Freda. Wenn ich an Peggy denke, wird mir das Herz schwer. Ich habe ihr nicht geschrieben, weil ich das große Haus als Adresse hätte angeben müssen; das wäre für meine Mutter zu verletzend gewesen.

Ihr Name war Peggy O'Brien, Gina, und sie wohnte in einer Kate am See. Nach Mutters Tod habe ich versucht, ihr zu schreiben, aber mir fehlten einfach die Worte. Du konntest immer gut mit Worten umgehen, Gina.

Herzliche Grüße,

Freda

Hier eine Postkarte aus dem Dorf Dunglass. Ich habe sie in einem Geschäft in Dublin gekauft. Hat es sich sehr verändert, Mutter? Morgen fahre ich hin. Dann schreibe ich Dir und berichte Dir alles ganz genau. Du fehlst mir.

Gina

Die zeitliche Verzögerung ist einfach zu groß. Ich wollte Dich anrufen, aber Shays Mutter sagte mir, daß ihr noch nicht zurück seid. Du hast mir gar nicht gesagt, daß Du mit Shay hinfährst. Beinahe ein Vierteljahrhundert ist es her, daß ich mit Gianni dort war. Kann es sein, daß sich die Geschichte wiederholt? Dunglass hat sich nicht sonderlich verändert. Erst jetzt wird mir wieder bewußt, wie klein es war. Ich bin gespannt, was Du mir alles schreiben wirst.

Liebste Freda,
Dein Brief klang kühl, ohne Anrede, kein »liebe Gina«, keine Grüße. Hast Du Angst, daß ich in die Fußstapfen meiner Mutter und meiner Großmutter trete, daß ich voreilig den Falschen heirate und sitzengelassen werde, so wie Du und Annabel? Neulich bin ich zu ihrem Grab gegangen und habe einen großen Strauß Frühlingsblumen niedergelegt. Die Landschaft ist herrlich. Auf dem See schwimmen kleine Entchen, Teichhühner und zwei riesige Schwäne. Von all dem hast Du nie etwas erwähnt. Auch nicht, daß Du ein Pony hattest und Dir bei einem Sturz den Arm gebrochen hast. Und Du hast mir nie von Peggys großem, weichen Busen erzählt, an

dem ich mich ausgeweint habe, so wie Du einst. Als Deine Sachen versteigert wurden, hat Peggy vieles davon gekauft. Sie sagte, sie wollte nicht, daß Deine Bücher und Deine Schätze wildfremden Leuten in die Hände fielen. »Schätze«, ja, so hat sie es genannt, Freda, und sie verwahrt sie immer noch in einem Zimmer. Und wartet darauf, daß Du zurückkommst und sie Dir holst. Annabel hat ihr nichts hinterlassen, sie hat alles der Wohlfahrt vermacht. Also hat Peggy die Sachen von ihrem Lohn gekauft, weil sie wußte, daß Du eines Tages zurückkehren und sie holen würdest.

Ich habe ihr gesagt, im Juni würde es wahrscheinlich soweit sein. Wenn spät abends noch die Sonne über dem See scheint und die Rosen vor ihrer Kate blühen. Nur ein paar Schritte weiter steht das Häuschen, auf das Shay und ich ein Auge geworfen haben, und wir sind voller Zuversicht.

Schick mir eine Postkarte ohne Umschlag an Shays Adresse, damit seine Mutter erfährt, wie sehr wir uns lieben. Siehst Du, letztlich bin ich nicht anders als Du. Ich möchte, daß die Leute nur Gutes von mir denken. In vielerlei Hinsicht bin ich froh, daß Du mir nichts von den dunklen Wolken der Vergangenheit gesagt hast, so habe ich hier einen Regenbogen des Glücks gefunden. Aber Du solltest auch selbst nicht mehr davor weglaufen. Es gibt keine Geister in Dunglass. Nur Hecken und Blumen und Deine guten Freunde Peggy, Shay und

Gina

DER FALSCHE KOFFER

Annie war beim Einchecken früh dran. Sie hatte für die Fahrt zum Flughafen reichlich Zeit eingeplant, um jede Hektik zu vermeiden. Als sie ihre Bordkarte entgegennahm und den schicken neuen Koffer mit dem kleinen Gepäckaufkleber, der London Heathrow als Zielflughafen angab, davonrollen sah, seufzte sie erleichtert auf; jetzt ging alles seinen Lauf, nichts konnte sie mehr aufhalten. Diesmal würde sie sich ausnahmsweise den Luxus leisten können, in aller Ruhe den Duty-free-Shop zu durchstöbern und vielleicht das eine oder andere Parfüm auszuprobieren. Ja, sie könnte sich auch mal die Fotoapparate und Armbanduhren anschauen – einfach nur so, nicht um etwas zu kaufen.

Alan hatte sich verspätet, er erschien immer erst in letzter Minute am Schalter. Doch er hatte so ein freundliches Lächeln und wirkte so aufrichtig zerknirscht, daß ihm das niemand übelzunehmen schien. Man sagte ihm, er solle sich unverzüglich zum Flugsteig begeben, was er auch tat – mehr oder weniger. Schließlich konnte niemand von ihm erwarten, am Duty-free-Shop vorbeizugehen, ohne eine Flasche Wodka zu kaufen, nicht wahr?

Ohne Hast oder Hektik schlüpfte er als letzter ins Flugzeug, aber irgend jemand mußte ja der letzte sein. Mit der Routine eines vielgereisten Mannes verstaute er seinen Aktenkoffer und den Wodka oben in der Gepäckablage und machte es sich in seinem Sitz in der Business Class bequem. Dann schnallte er sich an, so daß der Gurt für die Stewardeß gut sichtbar war, und schlug seine *Time* auf. Für ihn begann wieder einmal eine Geschäftsreise.

Annie lächelte erleichtert, als sie ihren Koffer auf dem Gepäckausgabeband des Londoner Flughafens erblickte. Sie befürchtete stets, er könnte womöglich nicht angekommen sein, ebenso wie sie immer damit rechnete, daß die Sicherheitsbeamten sie aufhielten und nach dem Grund ihres Aufenthalts in England fragten; oder daß die Zollfahnder ihren Koffer aufschlitzten, weil sie irgendwo verstecktes Heroin vermuteten. Annie war eben ein ängstlicher Mensch, doch sie war sich dessen völlig bewußt und fand, es habe auch seine guten Seiten, weil man nämlich oft angenehme Überraschungen erlebte, wenn diese schlimmen Befürchtungen nicht eintrafen. Tatsächlich gelangte sie mit ihrem Koffer unbehelligt durch den Zoll. Sie folgte den Wegweisern zur U-Bahn und stieg in einen Zug, der ihr wie ein Fahrstuhl im Gebäude der Vereinten Nationen vorkam: Menschen aus aller Herren Länder drängten sich hier, und ihre Koffer hatten die unterschiedlichsten Aufkleber. Glücklich schloß Annie die Augen, während der Zug sie nach London brachte.

Alan schnappte sich lässig seinen Koffer, als dieser gerade an ihm vorbeirollen wollte. Dann half er einer Familie, die mit all ihren gleichzeitig ankommenden Gepäckstücken überfordert war. Mühelos hob er einen Koffer nach dem anderen vom Transportband, und als er einen erwischte, der der Familie nicht gehörte, stellte er ihn prompt wieder zurück. Die Frau dankte ihm seine Hilfsbereitschaft mit einem überaus freundlichen Lächeln. Alan sah gut aus, besser als so mancher der anwesenden Ehemänner. In einem Zeitschriftenladen kaufte er sich den *Evening Standard* und setzte sich in ein Taxi. Sogleich bat er den Fahrer, ihm für die Fahrt eine Quittung auszustellen, denn manche reagierten ungehalten, wenn man sie erst am Zielort darauf ansprach. Am besten sagte man immer frisch von der Leber weg, was man wollte, und zwar in einem freundlichen Ton. Das war Alans Motto. Sein Erfolgsgeheimnis. Beiläufig wanderte sein Blick über die Autobahnen und die entfernteren Häuser mit den hübschen Gärten, die im Licht der Abendsonne lagen. Es war schön, wieder in London zu sein, wo nicht jeder jeden kannte.

An der Gloucester Road stieg Annie aus der U-Bahn und marschierte flotten, beschwingten Schrittes zu dem Hotel, in dem sie schon oft gewohnt hatte. Der neue Koffer ließ sich gut tragen. Nun, er war auch recht teuer gewesen, aber sei's drum, dafür würde er ewig halten. Für das gute Stück hatte sie eigens zwei dieser kleinen Kofferinitialen gekauft: »A.G.« Zu Anfang hatte sie deswegen Bedenken – erkannte denn nicht jeder sofort an den unterschiedlichen Initialen, daß sie nicht verheiratet waren? Doch der Mann ihres Herzens hatte nur gelacht, ihr einen Stubs auf die Nase gegeben und erwidert, sie sei schon ein komisches kleines Frauchen, und ihre Ängstlichkeit sei wirklich übertrieben. Das hatte Annie Grant eingesehen und sich mit dem Gedanken getröstet, daß sich heutzutage kaum noch jemand um derlei Dinge scherte. Wirklich kaum jemand.

Das Taxi brachte Alan nach Knightsbridge zu seinem Hotel, wo sich das Personal noch an ihn erinnerte – oder zumindest diesen Eindruck vermittelte. Alan stellte sich vorsichtshalber immer namentlich vor. »Mr. Green, natürlich«, meinte der Portier lächelnd. »Schön, daß Sie wieder bei uns sind.« Während Alan seine Taxiquittung zusammenfaltete und in seine Brieftasche steckte, folgte er dem Mann zur Rezeption. Mit seiner Zimmerreservierung war alles in Ordnung. Er bedachte die Empfangsdame mit einem gefälligen Kompliment, so daß sie sich geschmeichelt übers Haar strich und sich wieder einmal fragte, warum so nette Herren wie Mr. Green nie mit ihr ausgehen wollten, wohingegen sie von Männer der widerlichen Sorte dauernd angemacht wurde. In seinem Zimmer angekommen, nahm sich Alan eine Flasche Tonic aus der Minibar. Als er aber feststellte, daß es nicht kalorienreduziert war, entschied er sich für Mineralwasser. Alan achtete auf solche Details.

In dem kleinen Hotelzimmer, das sie für eine Nacht gebucht hatte, öffnete Annie ihren Koffer. Als erstes wollte sie ihre Kleider herausnehmen, damit sie sich aushängen konnten. Dann würde sie ein Bad nehmen und all die hübschen Lotionen und Badeöle benutzen, damit sie morgen nicht mehr wie frisch gekauft aussahen. Sie sperrte das Schloß auf und klappte den Deckel hoch. Doch da waren weder ihre Kleider noch ihre Schuhe. Auch nicht die beiden neuen Nachthemden und der todschicke Kulturbeutel mit den Guerlain-Artikeln, die sie noch nie ausprobiert hatte. Statt dessen erblickte sie Akten, Mappen, Herrenhemden, Herrenunterwäsche, Socken und weitere Akten. Einige Augenblicke lang schlug ihr Herz so heftig, daß es beinahe wehtat. Sie hatte immer gewußt, daß es eines Tages so kommen würde: Sie hatte den falschen Koffer erwischt. Voller Schrecken betrachtete sie ihn – und fand ihre Initialen. Jemand anderer mit Namen A.G. hatte ihren Koffer genommen. »O Gott«, schluchzte Annie Grant »mein Gott, warum hast du mir das angetan? Warum? Lieber Gott, ich bin doch gar nicht so schlecht. Ich habe doch niemandem etwas zuleide getan.« Heiße Tränen fielen in den Koffer.

Mechanisch öffnete Alan seinen Koffer, um seine Unterlagen auf dem großen Tisch auszubreiten und seine Anzüge aufzuhängen. Marie packte seinen Koffer stets perfekt, das hatte er ihr schon früh beigebracht. Das arme Ding hatte damals geglaubt, man brauche die Sachen nur irgendwie hineinzustopfen. Aber, hatte Alan ihr dann in ganz vernünftigem Ton erklärt, wozu bügelte sie seine Hemden so schön, wenn sie danach nicht ebenso makellos aus dem Koffer kamen, wie sie sie hineingelegt hatte? Doch nun starrte er ungläubig auf die oberste Lage im Koffer. Kleider, Unterwäsche – Damenunterwäsche, sorgsam zusammengelegt. Schuhe in Plastiktüten, ein eleganter Toilettenbeutel mit Kosmetikartikeln darin. Herrgott, er hatte den Koffer verwechselt! Aber das konnte doch nicht sein. Es waren sogar seine Initialen daran: A.G. Dabei hatte er sich neulich noch überlegt, ob er sich nicht bessere besorgen sollte, diese hier wirkten ein bißchen gewöhnlich. Verflixt, warum hatte er nicht rechtzeitig daran gedacht? In seiner anfänglichen Verwirrung fragte er sich, ob sich Marie einen Scherz mit ihm erlaubt hatte. Sie hatte in letzter Zeit ständig so finster vor sich hingebrütet und gesagt, sie wolle ihn auf seinen Geschäftsreisen begleiten. Hatte sie womöglich einen Koffer für sich gepackt? Nein, das war Unsinn; es waren nicht Maries Sachen, sie gehörten irgendeiner Fremden. Mist, schimpfte Alan Green immer wieder vor sich hin. Himmel, ausgerechnet jetzt! Ausgerechnet auf *dieser* Reise mußte er seinen Koffer verlieren.

Nach siebzig tränenreichen Minuten am Telefon und viel gutem Zureden seitens der Fluggesellschaft und der Hotelangestellten sah Annie schließlich ein, daß es keinen Sinn hatte, jetzt noch zum Flughafen hinauszufahren; sie würde bis morgen warten müssen. Am nächsten Tag, so tröstete man sie, würde der Koffer bestimmt zurückgegeben werden. Sie hatte von diesem blöden Mr. Green nur eine Büroadresse gefunden, auf einem sorgfältig getippten Zettel, der an der Innenseite des Kofferdeckels klebte. Und das Büro war um diese Zeit natürlich längst geschlossen.

Morgen, hörte sie von allen Seiten, als ob ihr das irgend etwas nutzen würde. Morgen würde der Mann ihres Herzens ankommen und selbstverständlich davon ausgehen, daß sie in bester Stimmung war und all ihre Sachen dabeihatte. Sie wollten nämlich eine Woche lang gemeinsam Urlaub machen und per Auto durch England reisen. Dann würde sie ihn zum ersten Mal ganz für sich allein haben. Er flog von New York herüber und wollte sich in Heathrow einen Leihwagen mieten; seinem Chef hatte er gesagt, die Verhandlungen würden etwas länger dauern, und seiner Frau ... keine Ahnung, was er seiner Frau gesagt hatte, aber wen kümmerte das schon? Allerdings würde er nicht gerade erfreut sein, wenn sie ihren ersten Ferientag auf dem Flughafen zubringen mußten, um langwierige Nachforschungen nach Annies Koffer anzustellen. Gab es denn gar keine Möglichkeit, die Londoner Adresse dieses Blödmanns herauszufinden? Wenn Annie bei ihm zu Hause anrief, würde ihr seine Frau vielleicht sagen können, wo er gerade wohnte. Vorausgesetzt, seine Frau wußte es. Falls Ehefrauen so etwas überhaupt jemals wußten.

Alan brauchte fünf Minuten, ehe er mit der zuständigen Stelle verbunden war, wo er die Auskunft erhielt, daß die zuständige Person um diese Tageszeit nicht mehr im Hause sei. Immerhin konnte man ihm aber sagen, was in seiner Angelegenheit am morgigen Tag unternommen werden würde. Das wäre ja alles schön und gut gewesen, wenn er nicht morgens um halb acht, noch ehe die Geschäfte geöffnet hatten und er sich ein frisches Hemd besorgen konnte, mit Geschäftspartnern zum Frühstück verabredet wäre. Und welchen Zweck hatte ein Geschäftsfrühstück ohne seine Unterlagen? Zur Hölle mit diesem dummen Weibsstück, mit ihren Zellophantüten, ihrem Seidenpapier und ihren noch nie getragenen Klamotten! Herrgott, sogar ein Fotoalbum hatte sie mitgenommen … und seitenweise handschriftliche Notizen, anscheinend für irgendein Theaterstück, Unmengen von Blättern mit kaum leserlichem Gekritzel. Doch dann stieß er auf ein Blatt mit ihrem Namen: Wer immer diese pingelige A. Grant auch sein mochte, Alan war sich sicher, daß sie eine »Miss« und keine »Mrs.« war. Auf einem an sie adressierten Brief stand »Ms.«, was die Frage nach ihrem Familienstand eigentlich offenließ, doch Alan wußte genau, daß sich nur alleinstehende, unverheiratete Frauen so anreden ließen. Leider stand keine Anschrift dabei, sonst hätte er in einem Telefonbuch von Irland ihre Eltern ausfindig machen und sich nach dem Hotel erkundigen können, in dem ihre Tochter wohnte. Sofern sie es ihnen überhaupt gesagt hatte. Schrullige Frauen, die Fotoalben, noch nie getragene Kleider und mit winziger, eckiger Handschrift verfaßte Theaterstücke mitnahmen, erzählten ihren Eltern wahrscheinlich nicht viel.

Der Geschäftsführer des kleinen Hotels in der Nähe der Gloucester Road war voller Mitgefühl für die nette Miss Grant, die öfter einmal eine Nacht hier verbrachte, bevor sie längere Reisen auf dem Kontinent antrat. Sie war eine Lehrerin und stets ausgesprochen höflich. Als er ihr eine Kanne Tee und ein paar Tomatenbrote in ihr Zimmer brachte, dankte sie ihm unter Tränen, als hätte er sie aus höchster Not gerettet.

»Sehen Sie seine Sachen durch. Vielleicht finden Sie etwas über seinen Aufenthaltsort heraus«, riet er ihr. Annie war skeptisch. Doch während sie ihre Tomatenbrote aß und Tee trank, breitete sie sämtliche Unterlagen dieses Mr. Green auf dem kleinen Bett aus und begann sie zu lesen. So erfuhr sie von dem Vorhaben, das Mr. A. Green seit zwei Jahren zielstrebig verfolgt hatte: Am morgigen Tag würde er in der Lage sein, eine eigene Agentur zu übernehmen – wenn alles so lief, wie er es sich vorgestellt hatte.

Mr. A. Green würde als Chef einer eigenen Firma nach Dublin zurückkehren. Seine Argumente waren so einleuchtend, daß die Kunden in Übersee Narren sein müßten, wenn sie sein Angebot ausschlugen. Auf verschiedenen fotokopierten Briefen stand »Vertraulich«, und einige Akten trugen den mit Filzstift dick unterstrichenen Vermerk: »Nicht ins Büro mitnehmen!« Ein großer Teil der Korrespondenz war so zusammengestellt, daß er Mr. Greens derzeitige Arbeitgeber, die auch diese Reise nach London bezahlt hatten, in ein denkbar schlechtes Licht rückte. Annie seufzte; so, dachte sie, ist das wohl im Geschäftsleben. In der Schule zettelte niemand eine Verschwörung gegen die Erdkundelehrerin an oder versuchte den Kunstlehrer beim Direktor schlechtzumachen. Trotzdem fand sie es ziemlich hinterlistig.
An manche der fotokopierten Briefe, die Mr. Greens Chef zu Gesicht bekommen hatte, waren solche geheftet, die er ihm *nicht* gezeigt hatte, und sie waren perfekt aufeinander abgestimmt. Wenn man sich durch diese gesammelten Korrespondenzen arbeitete, die außer Mr. Green bisher wohl noch niemand zu Gesicht bekommen

hatte, ergab sich ein ziemlich überzeugendes Bild. Annie kam zu dem Schluß, daß A. Green ein Mistkerl war, der es verdiente, daß sein Koffer verlorengegangen war und sein Geschäft platzte. Das geschah ihm ganz recht, jawohl. Andererseits – wenn sie ihm den Koffer nicht zurückgab, wie sollte sie dann ihre eigenen Sachen wiederbekommen? Und was, wenn er – Gott bewahre! – ihr Tagebuch gelesen hatte?

Zum Teufel mit diesem faden Mineralwasser, sagte sich Alan Green, und nahm sich ein kalorienreiches Tonic aus der Minibar. Er beschloß, methodisch an die Sache heranzugehen. Betrachte es wie ein Geschäftsproblem. Gut. Er hatte seinen Namen bei der Fluggesellschaft hinterlassen, für den Fall, daß diese A. Grant anrief. Natürlich würde sie anrufen. Warum hatte diese blöde Kuh das nicht schon längst getan? Wahrscheinlich saß sie mit einem ebenso blöden Lehrer in einem Weinlokal, wo sie über Theaterstücke redeten und wie man sie möglichst lang, breit und blöde auswalzen konnte. Um was für ein Stück handelte es sich überhaupt? Da begann Alan Green zu lesen, und er erfuhr von ihrer Affäre … Es war kein Theaterstück, sondern Wirklichkeit. Ein Tagebuch. Und noch mehr als das, ein regelrechter Schlachtplan. Diese Frau hatte Dutzende unterschiedlicher Szenarien durchgespielt, die sich während dieses Urlaubs ereignen konnten.

Es gab da eine Szene, in der ihr Liebhaber ihr sagte, er könne sie nicht mehr treffen, seine Frau habe ihm ein Ultimatum gestellt. Und diese unheimliche A. Grant hat-

te sich mehrere Varianten ausgedacht, was sie darauf antworten würde. Manche klangen beiläufig und gleichgültig, andere sehr leidenschaftlich oder sogar drohend: Dann würde sie sich eben umbringen, jawohl! Das alles hatte sie niedergeschrieben, als wäre es ein Theaterstück, sogar mit Bühnenanweisungen.
Alan kam zu dem Schluß, daß A. Grant eine rasende Irre sein mußte und dieser arme Kerl, mit dem sie sich treffen wollte, besser gewarnt sein sollte, wer auch immer er sein mochte.
Es freute ihn, daß sie diese aberwitzige Liste der dramatischen Szenarien und ihrer ausgetüftelten Reaktionen verloren hatte. Und all ihre Kleider. Jetzt würde sie dem Mann so gegenübertreten müssen, wie sie war. Vermutlich, überlegte er dann, hatte sie mittlerweile ebenfalls versucht, sich mit der Situation zu arrangieren, und ihre Strumpfhose und dergleichen gewaschen, so wie er Ärmel und Kragen seines Hemds und seine Socken gewaschen hatte. Da fiel ihm schlagartig ein, daß sie womöglich sein Firmendossier gelesen hatte.
Ebenso plötzlich wurde Annie bewußt, daß sie dem Angestellten vom Flughafen nicht gesagt hatte, wo sie in London wohnte. Das hatte sie vor lauter Aufregung vergessen. Wenn nun dieser heimtückische Mr. Green angerufen und seinen Aufenthaltsort angegeben hatte, würden die Leute vom Flughafen nicht mit ihr in Verbindung treten können. Also rief sie nochmals dort an und fragte, ob sich ein Mr. Green gemeldet hatte. Das hatte er tatsächlich, und Annie bekam seine Telefonnummer. Schon nach dem zweiten Klingeln hob er ab. Er werde

sofort mit ihrem Koffer vorbeikommen. Aber nein, das sei doch Ehrensache. Was für eine dumme Verwechslung, bestimmt gebe es eine Million A.G.s auf der Welt. Er werde gleich losfahren.

Alan bat den Taxifahrer zu warten. Als er die Frau erblickte, stellte er zu seiner Überraschung fest, daß sie recht hübsch war, sie wirkte niedlich und sanft. Er glaubte sich zu erinnern, daß er sie am Flughafen gesehen hatte. Wenn sie am Taxistand warten würde, hatte er gedacht, dann würde er ihr vorschlagen, sich ein Taxi zu teilen. Beim Gedanken an die Enthüllungen ihres Tagebuchs überlief ihn jedoch ein Schauder der Erleichterung, weil ihm das erspart geblieben war.
Annie war erstaunt über sein sympathisches Äußeres, sie hatte ihn sich eher wie einen Fuchs vorgestellt: scharf geschnittene Züge, ein listiges, spitzes Gesicht. Doch er machte einen ganz normalen, ja sogar netten Eindruck. Sie meinte, ihn schon im Flugzeug gesehen zu haben, in der Business Class, wie er mit der Stewardeß scherzte.
»Hier habe ich Ihren Koffer«, sagte Annie. »Ihre Sachen sind ein bißchen ... äh ... durcheinandergeraten. Ich habe darin herumgewühlt, weil ich herausfinden wollte, wo Sie gerade wohnen.«
»Ihre Sachen sind auch ein bißchen durcheinandergeraten«, erwiderte er grinsend. »Aber von Ihren hübschen Kleidern hat mir leider keines gepaßt, deshalb habe ich sie brav wieder eingepackt.«
Sie lächelten einander beinahe liebevoll an.
Einen Augenblick lang sah er sie an und überlegte. Es

war erst elf Uhr abends; in London bedeutete das, daß der Abend erst begann. Sie war wirklich ganz reizend, ein sanfter, molliger Typ …
Annie wünschte sich, er würde nicht gleich wieder gehen müssen. Ob sie vielleicht vorschlagen sollte, daß sie doch noch irgendwo ein Glas Wein trinken könnten, nachdem sie nun ihre Koffer glücklich wiedergefunden hatten …
Aber da fiel ihr ein, daß er seinen Chef als senilen Trottel hingestellt hatte und ziemlich deutlich hatte durchblicken lassen, daß sein Arbeitgeber Alkoholiker war.
Alan wiederum erinnerte sich an das Szenario, in dem sie gedroht hatte, sich umzubringen und Enthüllungsbriefe an die Frau, die Kinder und die Kollegen ihres Liebhabers zu schicken.
Sie schüttelten sich die Hände, und im selben Moment, als sie einander versicherten, die Papiere und Unterlagen des anderen nicht angerührt zu haben – da wußten sie beide, daß es gelogen war.

MISS VOGEL
MACHT URLAUB

Miss Vogel wunderte es selbst, daß sie nie geheiratet hatte. Sie nahm es nicht etwa schwer, aber es wunderte sie. In ihrer Jugend war man allgemein davon ausgegangen, daß Victoria Vogel bestimmt einmal als eine der ersten ihrer Altersgenossinnen zum Traualtar schreiten würde.

Mit ihrem blonden Haar und ihrer zarten Statur war sie nicht nur hübsch, sondern auch eine perfekte Hausfrau, die für sich, ihre Schwestern und ihre Freundinnen Kleider nähte und köstliche Desserts zauberte, wann immer es der Anlaß erforderte.

Die junge Miss Vogel hatte ein freundliches Wesen; eine künftige Schwiegermutter würde nichts an ihr auszusetzen finden, und die künftige Familie hätte nichts einzuwenden gegen das Mädchen, das zufrieden in der Bäckerei ihres Vaters mitarbeitete. Auf den Hochzeitsfesten ihrer Freundinnen war sie eine begehrte Tanzpartnerin, aber obwohl sie mehr als einmal den Brautstrauß ergatterte, schloß sie selbst nie den Bund fürs Leben.

Rückblickend betrachtet hatte sich Miss Vogel während ihrer Kindheit und Jugend in New York nicht einsam gefühlt; es war nie ihr einziges Bestreben gewesen, sich einen Mann zu angeln. Der Richtige würde schon noch kommen, hatte sie sich immer gesagt. So lebte sie glücklich in der Wohnung über der Bäckerei und bemerkte nicht, wie ein Jahr ums andere verstrich.

Es gab ja so viele Dinge, die sie beschäftigten, zum Beispiel die Krankheit ihrer Mutter. Als Miss Vogels Mutter bettlägerig wurde, waren ihre Geschwister längst verheiratet, deshalb übernahm sie die Pflege. Das war nur naheliegend, schließlich wohnte sie auch zu Hause.

Und als ihre Mutter dann starb und ihr Vater immer trübsinniger wurde und jegliches Interesse an der Arbeit verlor, mußte sie noch mehr in der Bäckerei mithelfen, um den Betrieb am Laufen zu halten. Natürlich gab es auch einen Geschäftsführer, Tony Bari. Mit ihm saß sie oft stundenlang zusammen und überlegte, wie sie die Rechnungen bezahlen, die Unkosten senken und weiterhin schwarze Zahlen schreiben konnten.

Alle dachten, die beiden würden vielleicht einmal heiraten.

Miss Vogel glaubte eigentlich nicht daran, obwohl es sie glücklich gemacht hätte, wenn aus ihren flüchtigen Umarmungen mehr geworden wäre und er um ihre Hand angehalten hätte.

Aber da sie mit beiden Beinen auf der Erde stand, begriff sie sehr schnell, daß Tony Bari sich vor allem für Geld interessierte. Er hatte ihr selbst schon öfter erzählt, daß jeder vernünftige Geschäftsmann darauf bedacht sei, eine gute Partie zu machen. Und Miss Vogel wußte, daß sie in dieser Hinsicht nicht viel zu bieten hatte. Aber obwohl sie gern mit ihm zusammen war und es liebte, wenn er sie

nett anlächelte und sein Schnurrbart ihre Wange kitzelte, weinte sie nicht, als er ihr schließlich eröffnete, er habe die Bekanntschaft einer wohlhabenden Dame gemacht, die er zu heiraten gedenke, und sie zu seiner Hochzeit einlud.
Kurz darauf kam Miss Vogels Vater ins Krankenhaus, und es war klar, daß er dort sterben würde. Tony Bari kaufte die Bäckerei. Und da seine Frau es nicht guthieß, daß Miss Vogel dort weiterhin wohnte und arbeitete, stand sie im Alter von dreißig Jahren plötzlich auf der Straße.
Es hieß, Tony Bari habe einen schlechten Preis bezahlt, und nachdem der Erlös unter den Geschwistern aufgeteilt war, blieb tatsächlich nicht mehr viel übrig.
Miss Vogel hatte nun keine Bleibe mehr und auch keine Zeugnisse, die ihr zu einer guten Stelle verhelfen hätten können. Aber mit dem ihr eigenen Optimismus beschloß sie, einfach abzuwarten, bis sich etwas Passendes ergab. Tatsächlich stieß sie schon bald auf eine Anzeige für eine Hausmeisterstelle in einem kleinen neuen Apartmenthaus. Und da die meisten Bewohner Frauen waren, wurde ausdrücklich eine weibliche Bewerberin gesucht. Miss Vogel mit ihrer ruhigen, freundlichen Art schien wie geschaffen für diese Stelle. Fast über Nacht hatte sie nun auch noch eine Zweizimmerwohnung in einem vornehmen Viertel der Stadt.
Ihre Freundinnen freuten sich für sie.
»Jetzt lernst du bestimmt alle möglichen feinen Leute kennen«, meinten sie.
Miss Vogel kümmerte es nicht, ob die Leute fein waren

oder nicht. Hauptsache, sie waren nett. Und das waren die meisten.

Bald wußte sie eine Menge über die Hausbewohnerinnen. In Nummer 1 lebte Janet, eine unglückliche Witwe mit einem kleinen Kläffer, der auf den völlig unpassenden Namen »Beauty« hörte und den Miss Vogel häufig spazierenführte.

Sie paßte auch auf die halbwüchsige Tochter von Heather auf, der arbeitswütigen Chefin einer Werbeagentur von Nummer 2, wenn diese nicht zu Hause war.

In Nummer 3 kümmerte sie sich um den Blumenschmuck. Dort wohnte die bildschöne Francesca, die mit zwei Geschäftsmännern gleichzeitig liiert war. Miss Vogel sorgte in taktvoller Weise dafür, daß sich deren Wege nie zufällig kreuzten, wenn sie zu Besuch kamen.

Viel Zeit verbrachte sie in Wohnung Nummer 4, wo Marion den lieben langen Tag trübsinnig aus dem Fenster starrte, weil ihr Mann so selten zu Hause war.

Und es wohnten noch viele andere Menschen in dem Apartmenthaus, über deren Leben Miss Vogel bestens Bescheid wußte. Ihre Schwestern fanden, es seien lauter reiche, verwöhnte Leute, die keine Probleme hatten, aber Miss Vogel widersprach ihnen. Wenn sie in den luxuriös ausgestatteten Wohnungen saß und aus einer edlen Porzellantasse Kaffee oder aus einem Kristallglas Mineralwasser trank, wußte sie nur zu gut, daß sich Kummer und Traurigkeit nicht einfach in Luft auflösten, nur weil man eine Menge Geld besaß. Viele dieser Menschen plagten sogar noch größere Sorgen, als die Familie Vogel sie je gekannt hatte. Manchmal ging Miss Vogel an der alten Bäckerei vorbei, die Tony Bari mit Hilfe des Vermögens seiner Frau zu einem großen Geschäft ausgebaut hatte. Der kleine Laden war nun ein Feinkostgeschäft, an das die Kunden per Fax ihre Bestellungen für Sandwiches schicken konnten, die ihnen dann ins Büro geliefert wurden. Nicht zu fassen!

Die Baris hatten drei Kinder, und Miss Vogel beobachtete, wie sie heranwuchsen. Gerne hätte sie sie näher kennengelernt und hin und wieder im Laden besucht, in dem schließlich auch sie groß geworden war.

Aber Tony Baris Frau schien auf ihre Bekanntschaft keinen Wert zu legen.

Dies betrübte Miss Vogel ein wenig, war sie doch immer nett und freundlich zu der Frau gewesen, die nun in ihrem Elternhaus wohnte, nur weil ihr Vater Geld hatte. Aber man konnte Menschen eben nicht dazu zwingen, einen zu mögen.

Miss Vogel fühlte sich nicht einsam, ihre Tage und Abende waren ausgefüllt mit der Sorge um die Hausbewohner. Ihr eigenes Leben war nicht gerade das, was man aufregend nennt, aber dafür konnte sie an den Hoffnungen und Träumen all dieser Menschen teilhaben – wer würde zu Weihnachten und zum Erntedankfest heimkommen, von wem wurde man an den Feiertagen eingeladen, was sollte es zum Festmahl geben? Sie wußte, wer im neuen Jahr abnehmen wollte, wer wie oft den Fitneßclub besuchte und bei wem ein Vorrat an Diätmenüs im Gefrierschrank lagerte. Und sie ging mit ihnen die neue Frühjahrsgarderobe durch. Niemandem schien aufzufallen, daß Miss Vogel sich im Frühjahr nicht neu einkleide-

te, sich zum Jahreswechsel nicht vornahm, fünf Kilo abzunehmen, oder überlegte, wie sie das Erntedankfest oder Weihnachten verbringen sollte.
Sie hörte zu und redete selbst nicht viel.
Sie nahm Anteil am Leben dieser Menschen.
Nun war die Zeit gekommen, über Urlaubspläne zu sprechen.
Janet wollte zu ihrer Schwester nach Arizona fahren, aber da war natürlich noch Beauty, der reizbare kleine Köter, und Beauty mochte das Tierheim nicht, wenn also vielleicht Miss Vogel so freundlich wäre ...
Heather konnte sich nur eine Woche freinehmen, keinen Tag länger. Sie wollte nach Los Angeles fliegen, denn auf diese Weise konnte sie den einen oder anderen geschäftlichen Termin an der Westküste wahrnehmen und auch noch ihrer Tochter Heidi Disneyland und die Universal Filmstudios zeigen, das wäre doch ein toller Urlaub für das Kind. Allerdings hatte Heather beim besten Willen nicht die Zeit, Ferienkleidung für ihre Tochter einzukaufen. Ob Miss Vogel das vielleicht übernehmen könnte ... an einem Samstagvormittag zum Beispiel? Nur mal eben im Kaufhaus?
Francesca wollte eine Woche mit einem ihrer Liebhaber verreisen und die darauffolgende Woche mit dem anderen. Jedem von beiden hatte sie erzählt, sie mache in der jeweils anderen Woche eine Kur. Würde es Miss Vogel große Umstände machen, mit dem Bus zu diesem Kurort zu fahren, es seien nur ein paar Kilometer, und dort zwei Postkarten für sie aufzugeben? Sie wisse ja, wie besitzergreifend und argwöhnisch Männer heutzutage

seien, man wolle nicht durch eine Dummheit alles verderben.
Marion von Nummer 4 war ungewohnt fröhlich, weil sie mit ihrem Ehemann eine Woche in einem ruhigen Gasthof verbringen würde. Da hätten sie Zeit, sich wieder einmal richtig auszusprechen, hatte er gemeint. Es würde bestimmt herrlich werden, schwärmte Marion. Im Urlaub habe man Gelegenheit, neue Bekanntschaften zu schließen oder eine bereits bestehende Beziehung wieder in Schwung zu bringen.
Das sei ja gerade das Gute am Urlaub, nicht wahr, hatte Marion wieder und wieder gesagt.
Miss Vogel wußte es nicht, denn sie hatte noch nie in ihrem Leben Urlaub gemacht. Es hatte sich einfach nie ergeben, auch hätte sie weder Geld noch Zeit dafür gehabt. Jetzt, mit dreiundfünfzig, schien es müßig, auf eine neue Bekanntschaft zu hoffen; und eine Beziehung, die es in Schwung zu bringen galt, hatte sie auch nicht.
Tony Bari fuhr mit Frau und Kindern nach Italien. Miss Vogels Geschwister mieteten sich wie jedes Jahr mit ihren Familien Ferienhäuser an einem See. Es sei so schön, daß die Cousins und Cousinen einmal länger zusammensein und sich richtig kennenlernen konnten, sagten sie. Keinem von ihnen kam je der Gedanke, daß es auch für Miss Vogel nett wäre, sie besser kennenzulernen und öfter zu sehen. Aber irgendwie würde sie auch gar nicht dazupassen. Sie, eine ältliche, alleinstehende Tante.
Alle Hausbewohner schienen zur gleichen Zeit in Urlaub zu fahren. Miss Vogel würde ein beinahe leeres Haus zu hüten haben. Sie zeigte sich begeistert über ihre jeweili-

gen Urlaubspläne, so wie sie sich schon seit jeher für alles, was sie taten, begeistert hatte.
Und sie erledigte gewissenhaft, worum man sie gebeten hatte. Um Janet zu beruhigen, prägte sie sich genau ein, wann der kleine, aggressive Beauty gefüttert werden mußte. Sie ging mit Heidi zu Bloomingdale's und kaufte ihr mit Heathers Geld farbenfrohe Kleider für die Reise ins sonnige Kalifornien. Sie studierte den Busfahrplan wegen der beiden Ausflüge in den Kurort, von wo aus sie die trügerischen Ansichtskarten verschicken sollte. Marion half sie, romantische Negligés für die Woche im Landgasthof einzupacken.
Natürlich würde sie auch all die anderen Aufträge ausführen, weshalb die Hausbewohner sie als einen wahren Engel priesen. Sie würde regelmäßig die Lichter ein- und ausschalten, zu unterschiedlichen Zeiten die Vorhänge auf- und zuziehen und die Post sortieren, damit die Urlauber sie bei ihrer Rückkehr sauber gestapelt auf dem Dielentisch vorfanden. Sie würde Kleider von der Reinigung abholen und in den Schrank hängen, hier für einen Fernsehtechniker, dort für einen Raumausstatter die Wohnung aufschließen und sich nach der Rückkehr für die Ferienerlebnisse und -fotos interessieren.
Kurz vor der Abfahrt kam es oftmals zu Hektik und Hysterie; zum Beispiel dann, wenn man nicht rechtzeitig einen Wagen bestellt hatte und in New York kein Taxi aufzutreiben war.
Dieses Jahr wollte Miss Vogel solchen Mißlichkeiten rechtzeitig vorbeugen und wandte sich an einen Fahrdienst in der Nähe. Wie sie Frank, dem müde, aber

freundlich wirkenden Mann an der Rezeption erklärte, handle es sich um vier Fahrten an zwei Tagen: zum La Guardia Airport mit Heather und Heidi, zur Grand Central Station mit Janet, zur Penn Station mit Marion und ihrem Mann und zu einem geheimen Treffpunkt in New Jersey mit Francesca.

»Und was soll für Sie dabei rausspringen?« fragte Frank resigniert.

»Oh, darum geht es mir nicht«, erwiderte Miss Vogel. »Ich will lediglich den Hausbewohnern einen Gefallen tun. Sie zahlen den üblichen Tarif. Für mich ... für mich will ich nichts haben.«

»So denken nicht viele«, meinte Frank.

»Es ist nur wegen dem Urlaub. Da sind alle immer so nervös, wissen Sie.«

»Das weiß ich eben nicht«, erwiderte Frank. »Ich war noch nie in Urlaub.«

Ein strahlendes Lächeln breitete sich über Miss Vogels Gesicht. »Ich auch nicht, ist das nicht komisch? Wir müssen die einzigen Menschen auf der ganzen Welt sein, die noch nie Urlaub gemacht haben.«

Frank erwiderte das Lächeln, das Eis war gebrochen. Schließlich vereinbarten sie, zu welchen Zeiten er die Urlauber abholen sollte.

Er war höflich und pünktlich, aber vor allem war er nett. Geduldig wartete er, bis Janet Beauty einen Abschiedskuß gegeben hatte; er schwärmte Heidi von Disneyland vor, daß man danach ein anderer Mensch sei; er erklärte Francesca, es sei eine Spezialität von ihm, abgelegene Treffpunkte in New Jersey zu finden; Marion und ihrem

Mann versicherte er, Ferien in einem Landgasthof seien das beste überhaupt.
Miss Vogel tat es richtig leid, als sie den letzten Urlauber ins Auto gesetzt hatte, denn sie fühlte sich in Franks Gesellschaft wohl. Sie würde seine regelmäßigen Besuche vermissen, bei denen sie immer Zeit gefunden hatte, ihm eine Tasse Kaffee zu machen und ein wenig von ihrem selbstgebackenen Buttergebäck zu reichen.
Zu ihrer Überraschung kam er wieder.
»Ich habe mir überlegt, Miss Vogel, ob Sie und ich nicht zusammen Urlaub machen könnten, in New York«, begann er zögerlich. »Wir könnten so tun, als wären wir Touristen, und würden unsere eigene Stadt mit neuen Augen sehen.« Erwartungsvoll sah er sie an und hoffte, sie würde ihn nicht auslachen oder seinen Vorschlag als lächerlich abtun.
»Ein Urlaub in New York City?« meinte sie nachdenklich.
»Nun, das tun andere auch«, verteidigte er sich. »Ich fahre doch all die Touristen, also muß ich es wissen.«
»Das wird herrlich«, freute sich Miss Vogel. »Aber zuvor muß ich noch tausend Dinge erledigen. Das gehört zu einem Urlaub einfach dazu.«
»Klar, ich hole Sie dann morgen früh ab. Sind Sie bis dahin fertig?« erkundigte er sich.
Miss Vogel rechnete aus, daß sie sich täglich fünf Stunden freinehmen konnte. Sorgfältig bügelte sie ihre Kleider und legte sich für jeden Tag eine entsprechende Garnitur zurecht. Sie besuchte einen Schönheitssalon in der Nähe, ließ sich frisieren und maniküren.
Für die Ausflüge bereitete sie mehrere Picknickpakete

vor und legte sie in die Gefriertruhe. Sie ließ ihre bequemsten Schuhe neu besohlen. Schließlich hörte sie noch die Wettervorhersage ab. Es konnte losgehen.
Sie fuhren nach Ellis Island und besichtigten den Ort, an dem ihre Großeltern aus Italien und Deutschland, Irland und Schweden in den Vereinigten Staaten gelandet waren.
»Ich wette, diese vier jungen Menschen hatten nie Zeit für Urlaub, nachdem sie hier angekommen waren«, meinte Miss Vogel.
»Aber sie hatten Abenteuerlust im Blut«, erwiderte Frank. »Es hätte ihnen sicher nicht gefallen, daß ihre Nachfahren Stubenhocker sind.«
Am nächsten Tag stand das World Trade Center auf dem Programm, wo sie die herrliche Aussicht von ganz oben genossen. Danach besuchten sie den Zoo und gingen im sonnigen Central Park spazieren.
Wie zwei alte Freunde fuhren sie zusammen zu dem Ort, wo sie Francescas Postkarten aufgeben sollten, und fragten sich, wie merkwürdig es sein müsse, mit diesem Gespinst von Lügen zu leben, in das Francesca und die zwei verheirateten Männer verwickelt waren. Danach machten sie einen Ausflug nach Chinatown und besichtigten die Börse in der Wall Street.
Schließlich fuhren sie in das Viertel, wo Miss Vogel aufgewachsen war, und sahen sich die ehemalige Bäckerei an, die sich seit ihrer Jugend so sehr verändert hatte. Sie besuchten die Gegend, in der Frank seine Kindheit verbracht hatte, aber auch dort war nichts mehr so wie früher. Und er zeigte ihr, wo er mit seiner Frau während

ihrer lange zurückliegenden und nur drei Jahre dauernden Ehe gelebt hatte und in welchem Krankenhaus sie dann gestorben war.
Da keiner von ihnen je in der Carnegie Hall gewesen war, besorgten sie sich Karten für ein Konzert dort.
Und da Miss Vogel Baseball bisher nur im Fernsehen gesehen hatte, besuchten sie das Yankee Stadium.
Die Woche verging wie im Flug.
Frank half Miss Vogel dabei, die Post zu sortieren, die Vorhänge auf- und zuzuziehen und Lieferungen für die Mieter entgegenzunehmen. Dafür verschönerte Miss Vogel Franks Büro, wusch die Vorhänge und hängte bunte Bilder auf.
In der Woche darauf konnten sie es sich allerdings nicht mehr leisten, sich jeden Tag fünf Stunden freizunehmen. Wie alle anderen New Yorker wußten sie nun, wie man sich fühlte, wenn die Ferien zu Ende gingen.
Doch zwischen Frank und Miss Vogel war etwas Neues und Wundervolles entstanden. Sie mußten ihre Gedanken nicht mehr für sich behalten, jetzt gab es jemanden, mit dem sie sich austauschen konnten. Und sie unterhielten sich nicht nur über ihren Urlaub, sondern über alles mögliche, was sie tagtäglich erlebten.
Als Frank Heather und Heidi vom Flughafen abholte, konnte er Miss Vogel berichten, daß Mutter und Tochter kaum ein Wort miteinander wechselten. Das Mädchen hatte die meiste Zeit allein auf dem Hotelzimmer vor dem Fernseher verbracht, weil Heather den ganzen Tag in geschäftlichen Besprechungen steckte.
Und Miss Vogel erzählte ihm, daß Francesca etwas

sehr Unerwartetes passiert war – anscheinend hatten ihr beide Männer einen Heiratsantrag gemacht. Beide kündigten an, ihre Ehefrauen zu verlassen, aber Francesca wollte keinen von ihnen. Sie hatte sich mit einer kühlen Augenkompresse hingelegt und versuchte all ihren Mut zusammenzunehmen, um ihnen die Wahrheit zu sagen.

Janet erzählte Frank im Wagen, der Urlaub mit ihrer Schwester sei ein großer Fehler gewesen. Solche Familientreffen würde sie sich künftig ersparen. Wozu brauche man überhaupt eine Familie? Ein guter Hund sei zwanzigmal mehr wert.

Von Marion erfuhr Miss Vogel, daß ihr Mann, dieser Mistkerl, mit ihr zu diesem Landgasthof gefahren war, um ihr mitzuteilen, daß er sie verlassen werde. Erstaunlicherweise hatte Marion es nicht sehr schwer genommen. Nachdem es einmal ausgesprochen war, hatte sie lange Spaziergänge unternommen und das friedliche Landleben genossen. Ihr Mann hingegen war verblüfft und verärgert gewesen, weil sie die neue Situation so gelassen hinnahm.

Allerdings erkundigte sich keiner der Hausbewohner bei Miss Vogel, wie sie die Zeit ihrer Abwesenheit verbracht hatte. Und wenn sie neuerdings Frank häufiger antrafen, führten sie es darauf zurück, daß er jemanden fahren mußte. Nun schien es ihnen, als hätte Miss Vogel nicht mehr ganz so oft Zeit, um Kinder zu hüten, Hunde spazierenzuführen, sich Probleme anzuhören oder Blumen zu arrangieren. Ganz sicher waren sie sich jedoch nicht. Und ihr glückliches Aussehen, der beschwingte Schritt,

ihr strahlendes Lächeln ... das kam bestimmt daher, daß sie ein paar Pfund abgenommen hatte oder so.
Tony Baris Frau fiel Miss Vogels Veränderung aber sehr wohl auf. Nach einem ermüdenden Urlaub in Italien bei Tonys Sippschaft, die sie völlig in Beschlag genommen hatte, war sie froh, nun wieder zurück in New York zu sein. Ihr Blick wurde eisig, als Miss Vogel den Laden betrat. Sie verdächtigte Tony seit jeher, Gefühle für die Tochter des Hauses zu hegen. Wäre Miss Vogel vermögend gewesen, hätte er damals wahrscheinlich um *ihre* Hand angehalten.
»Hatten Sie einen schönen Urlaub?« erkundigte sie sich höflich, während sie mit einem prüfenden Blick Miss Vogels straffe Haltung und ihre neue Frisur registrierte. Sie wirkte völlig verändert.
»Ganz wundervoll, Mrs. Bari. Ich bin in New York geblieben und in meiner Heimatstadt auf Entdeckungsreise gegangen. Es war herrlich.«
Tony Baris Frau empfand Neid. Wie gerne hätte sie das gleiche getan.
»Nun, in unserem Alter erwarten wir uns vom Urlaub nichts Besonderes mehr, nicht wahr, Miss Vogel?« Sie konnte es nicht ertragen, Miss Vogel so glücklich zu sehen. Aber ihre beißende Bemerkung verfehlte ihr Ziel. Miss Vogel, die sich gerade Edelpilze, erlesene Käsespezialitäten und erstklassiges Olivenöl aussuchte, hielt einen Augenblick inne und lächelte die Frau, die ihre einzige Hoffnung auf eine Ehe und eine Familie zerstört hatte, nur weil ihr Vater reich war, selbstbewußt an.
»Ach, Mrs. Bari, das ist ja schrecklich traurig, so etwas aus

Ihrem Mund zu hören«, erwiderte sie, und in ihrem Ton lag soviel Mitgefühl, als wollte sie ihr wegen eines Todesfalles ihr Beileid ausdrücken.
Tony Bari hielt sich gerade am anderen Ende des Ladens auf. Er war dick geworden, das Haar schütter; enttäuschte Hoffnungen und Habgier hatten tiefe Furchen in sein Gesicht gegraben. Sein Leben war wohl nicht so verlaufen, wie er sich das vorgestellt hatte. Wie hatte Miss Vogel je annehmen können, dieser Mann würde ihr ein guter Ehemann sein? Wenn damals alles so gekommen wäre, wie sie es sich gewünscht hatte, wäre *sie* gerade von einer öden Italienreise mit diesem griesgrämigen Mann heimgekehrt. Sie würde nichts anderes kennen als das hier; nie hätte sie am Leben all der Menschen teilhaben können, die in ihrem Haus wohnten.
Vielleicht hätte sie wehmütig einem freundlich dreinblickenden Mann wie Frank nachgeschaut, einem einfachen Taxifahrer, falls sie ihn überhaupt je kennengelernt hätte. Und vielleicht hätte sie sich ausgemalt, wie angenehm es wohl wäre, mit jemandem zusammenzusein, der in allem nur das Schöne sah und nicht den Profit. Heute, zu seinem Geburtstag, würde sie ihm ein Festmahl kochen. Sie schmiedeten Zukunftspläne, wie es sonst vor allem junge Leute tun. Doch deshalb liebten sie sich nicht weniger und hatten auch nicht weniger Träume, bloß weil sie schon älter waren.
»Ach, Mrs. Bari«, wiederholte sie, und in ihrem Ton lag echte Anteilnahme. Sie wollte gerade fragen: »Welchen Sinn hätte das Leben noch, wenn wir uns nicht von jedem Urlaub, von jedem Tag etwas Schönes erwarten wür-

den?«, aber das fand sie selbst ein wenig schulmeisterhaft. Außerdem hatte Miss Vogel aus ihrer Tätigkeit in dem Apartmenthaus gelernt, daß Reichtum und Glück nicht immer Hand in Hand gingen. Deshalb erwiderte sie nur, daß man im Alter keine unrealistischen Träume mehr haben sollte.

Und hocherhobenen Hauptes, den Einkaufskorb gefüllt mit exotischen Zutaten, verließ Miss Vogel den Feinkostladen, der einst die Bäckerei ihres Vaters gewesen war. Sie warf keinen Blick zurück, als sie in die sonnigen Straßen New Yorks hinaustrat.

DIE HAUSHÜTERIN

Es wäre ein Neuanfang. So eine Chance bekommt nicht jeder, sagte sich Maura. Drei Monate Sonnenschein, und die Leute dort drüben waren angeblich recht nett. Sie hatte schon Briefe von den Professorengattinnen erhalten, die sie willkommen hießen. James sollte als Gastdozent an diese kleine Universität im Mittelwesten Amerikas gehen. Die Flugtickets für beide wurden bezahlt, und auf dem Campus stand ihnen ein Haus zur Verfügung.

Das einzige Problem war ihr eigenes Haus. James und Maura wohnten in einem Viertel von Dublin, dessen Bewohner stets auf der Hut waren. Man rechnete damit, daß hinter dem gepflegten Strauchwerk Einbrecher lauerten, die nur darauf warteten, daß die braven Bürger ihr Eigenheim unbewacht zurückließen. Wenn James und Maura nach drei Monaten im Ausland heimkehrten, würden sie von ihren Sachen nicht mehr viel vorfinden.

Aber das Haus für diesen Zeitraum zu vermieten war praktisch unmöglich. Erstens mußte man fürchten, daß man die Leute nicht mehr los wurde. Man hörte da schreckliche Geschichten. Außerdem würden sie alles wegsperren müssen – nein, das war nicht zu ertragen.

Wie sollte man sich ein Vierteljahr in der Ferne wohl fühlen, wenn einem die Angst im Nacken saß, daß alles, was man hatte, kaputtging und man anschließend mit einer Räumungsklage vor Gericht ziehen mußte?
Von der Verwandtschaft kam auch niemand in Frage. Wehmütig gab auch James zu, daß man seiner Mutter nicht zumuten konnte, das Haus zu hüten. Sie war so vergeßlich, daß man ihr keine Verantwortung übertragen mochte. Die Alarmanlage würde Tag und Nacht schrillen und die Nachbarn in den Wahnsinn treiben. Gewiß, sie liebte Jessie, Mauras und James' Hündin, heiß und innig, aber sie würde vergessen, das Tier zu füttern, oder ihr allerhand Zeug geben, das sie nicht vertrug. Wahrscheinlich würde sie Jessie einfach frei herumlaufen lassen, und wenn sie wiederkamen, würde ein ganzes Rudel kleiner Promenadenmischungen im Garten herumtapsen.
Mauras Schwester Geraldine konnten sie auch nicht fragen, weil sie Hunde nicht mochte. Sie zuckte ja schon zusammen, wenn Jessie sie ganz normal begrüßte. Außerdem fürchtete Maura, daß Geraldine in Schubladen und Schränken herumschnüffeln würde. Maura würde alles mögliche verstecken müssen, und Jessie ins Hundeheim zu geben stand wirklich nicht dafür.
Die Nachbarn waren auch keine Leute, denen man gern den Schlüssel anvertraute. Sie hatten große Häuser mit ansehnlichen Gärten. Es waren keine herrschaftlichen Anwesen, auch keine Reihenhäuser wie in *Coronation Street*, wo jeder über seine Nachbarn genauestens Be-

scheid wußte. Auf der einen Seite wohnten die Greens, ältere Leute, die sich mit Begeisterung dem Garten widmeten und kaum aus ihrem Gewächshaus herauskamen. Natürlich grüßte man sich gerne. Aber das war schon alles. Und auf der anderen Seite lebte dieses ehrgeizige Ehepaar, die Hurleys, über die immer in der Zeitung berichtet wurde. Sie hatten eine Firma gegründet. Neben ihren drei Kindern hatten sie noch einige adoptiert. In dem renovierten Nebengebäude wohnten seine Mutter und ihr Vater. Und mit im Haus lebten mindestens drei Studentinnen verschiedenster Nationalität, die sich um die Kinder kümmerten. Nein, die Hurleys konnte man nicht bitten, sich noch etwas aufzubürden. Es machte einen ja bereits krank mit anzusehen, wieviel sie jetzt schon schufteten.

»Ich weiß nicht, was wir machen sollen«, hörte sich Maura zum zehntenmal zu James sagen und beobachtete beunruhigt, wie sich sein Gesicht verdüsterte.

»Inzwischen ist alles ein Problem«, erwiderte er. »Die meisten Leute würden bei so einer Chance zugreifen. Aber bei uns entstehen dadurch nur noch mehr Schwierigkeiten.«

Sie wußte, daß er recht hatte. Für andere Leute wäre die Reise eine Herausforderung, ein aufregendes Abenteuer. Sie dagegen sah in dem Auslandsaufenthalt nur ein weiteres leidiges Problem – so als wäre sie vor ihrer Zeit gealtert. Sie mußte sich zusammenreißen. Dieser Sommer in Amerika war vielleicht die letzte Chance, ihre Ehe wieder in Schwung zu bringen. James und sie würden in neuer Umgebung zusammenleben und alles teilen, so wie damals vor zehn Jahren. Sie hätten Freiheit, und sie hätten Zeit füreinander. James würde am dortigen College nicht bis spät in die Nacht arbeiten, wie er es hier tat. Statt im Club noch etwas zu trinken, würde er zu ihr nach Hause kommen. Am Wochenende würde er sich keine Ausflüchte ausdenken, um nicht daheim sein und seine Freizeit womöglich wieder mit Schönheitsreparaturen verbringen zu müssen.

Maura besann sich darauf, daß ihr stets etwas einfiel – und daß sie dank dieser Eigenschaft James damals für sich gewonnen hatte, ihren College-Dozenten, den alle umschwärmten; doch Maura hatte das Rennen gemacht. Dank dieser Eigenschaft hatte sie das Haus gefunden. Es war etwas wert, wenn man zupacken konnte und praktisch veranlagt war. Das hatte sie beide gerettet, als der kleine Jamie starb, plötzlicher Kindstod mit drei Monaten. Maura hatte den Garten angelegt und einen Colliewelpen gekauft. James sagte immer, sie sei in diesen Monaten ungeheuer stark gewesen.

Aber das war sechs Jahre her, und seitdem hatte sich vieles verändert. Es lag nicht nur daran, daß sie kein Kind hatten. Das war ihnen beiden klar. Zwischen ihnen tat sich eine Kluft auf, die sich nicht überbrücken ließ, mochten sie noch so viele gemeinsame Interessen haben. Es verband sie ja schon so viel – das Haus, der Garten, die Spaziergänge mit Jessie –, und doch hatten sie sich nicht mehr viel zu sagen. Selbst wenn sie noch ein Kind bekommen hätten, es wäre auch kein Kitt für die Ehe gewesen. James verbrachte sein Leben zunehmend im College, und Maura saß viele Stunden im Büro, ob-

wohl es ihr wenig Freude machte ... aber da es eine Routinetätigkeit war, hatte sie viel Zeit, über die Verschönerung ihres Heims nachzudenken.
Als sie James' gereizte Miene sah, erkannte Maura, daß die Sache mit dem Haus rasch geklärt werden mußte – und zwar ohne großen Wirbel zu veranstalten.
»Überlaß das mir«, beruhigte sie ihn. »Ich überlege mir etwas. Du hast genug damit zu tun, deine Vorlesungen vorzubereiten.«
Sein Gesicht hellte sich auf, beinahe war er wie früher, der alte James. »Das klingt schon besser«, meinte er. Wenn er lächelte, sah er gut aus. Maura verspürte einen Stich, als sie daran dachte, daß am College mindestens drei Ehen von Kollegen in die Brüche gegangen waren. Zu der Zeit waren alle schockiert gewesen, aber inzwischen hatten sich all die Männer mit ihrer neuen Gefährtin glücklich eingerichtet. Der Aufruhr hatte sich gelegt, nur die drei verlassenen Ehefrauen waren noch nicht darüber hinweggekommen. Das konnte ihr mit James auch passieren. Wenn eine es wirklich auf ihn abgesehen hatte. Und wenn Maura so dumm war, ihn aus dem Haus zu treiben – mit ihrem ständigen Getue um Probleme, die gar nicht existierten.
Den nächsten Tag verbrachte sie am Telefon. Ob jemand vielleicht jemanden kannte? Schließlich hatte sie Glück. Eine alte Schulfreundin, die Maura seit Jahren nicht gesehen hatte, kannte eine gewisse Allie.
»Ist die Araberin?« fragte Maura. Die Hurleys hatten einen Jungen namens Ali für ein Jahr bei sich aufgenommen.

»Nein, das ist eine Abkürzung für Alice, glaube ich. Sie ist eine Art Haushüterin.«

»Arbeitet sie für eine Hausverwaltung? Macht sie das für Geld?«

Die Freundin, eine unscheinbare Frau namens Patsy, sagte, nein, Allie sei selbständig. »Sie ist in unserem Alter, aber sie sieht Jahre jünger aus. Sie hat keine Wohnung, keinen richtigen Job, sie wohnt mal da, mal dort und hütet das Haus.«

»Klingt nicht gerade solide«, meinte Maura mißbilligend.

»Nein, bei uns hat sie ihre Sache wirklich gut gemacht«, erwiderte Patsy unwirsch.

»Und was hat sie den ganzen Tag getrieben?«

»Das würde ich auch gern wissen, aber als wir aus Brüssel wiederkamen, war alles tipptopp in Ordnung. Von den Nachbarn haben wir auch nur Gutes über sie gehört.«

Trotzdem wirkte Patsy ein wenig verstimmt. Maura fragte sich, ob das schon die ganze Wahrheit über diese Allie war.

»Dir war sie nicht sympathisch, oder?« fragte sie.

Patsy schien gekränkt. »Herrgott, Maura, du hast dich nach jemandem erkundigt, der dein Haus hüten könnte, ich habe dir jemanden empfohlen. Ob sie mir sympathisch war? Ich bin ihr kaum begegnet. Vor unserer Abreise habe ich sie nur zweimal gesehen und dann noch einmal, als wir wieder zurückkamen. Sie hat sich, wie vereinbart, um alles gekümmert. Was kann man mehr erwarten?«

Maura bedankte sich hastig und schrieb sich Allies derzeitige Telefonnummer auf. Sie betreute gerade für jemanden eine Kunstgalerie.

Ja, sagte sie, sie würde sich sehr gerne um ein Haus mit Hund und Garten kümmern.

»Und zwei Wellensittiche?« fügte Maura hinzu.

»Super!« rief Allie.

Sie hörte sich an wie achtzehn, nicht wie Mitte Dreißig. Als James und Maura sie kennenlernten, konnten sie sich überzeugen, daß sie auch wesentlich jünger aussah.

Allie hatte lange dunkle Locken, die sie morgens anscheinend nur zu waschen und trockenzuschütteln brauchte. Ihr Lächeln war hinreißend, und in dem Leinenkleid, das nach Mauras Ansicht allzu knapp war, kamen ihre langen, gebräunten Arme und Beine gut zur Geltung.

Allie saß im Garten auf dem Rasen, als sie sich unterhielten. Sie lächelte zu James hinauf, und Maura packte eine solche Wut, wie sie sie noch nie erlebt hatte. Nicht nur, daß Allie es fertigbrachte, auf dem Boden zu sitzen, ohne daß sie vornüberkippte. Noch schlimmer war, wie sie James ansah. Sie war weder kokett noch geziert, sie schaute ihn nur voller Interesse an. Alles, was er sagte, schien der Überlegung wert. Ob Allie nickte oder den Kopf schüttelte, sie war ganz da und reagierte prompt. Ganz im Gegensatz zu Maura, die immer nur verhalten nickte, in sich hineinmurmelte oder zerstreut zuhörte, wenn James mit ihr sprach.

Fairerweise mußte Maura allerdings zugeben, daß Allie sich ebenso interessiert mit ihr unterhielt. Sie erkundig-

te sich nach Mauras Arbeit, und selbst James schien manches zu überraschen, was er über Mauras Alltag hörte.
»Das habe ich gar nicht gewußt«, sagte er verwundert, und Maura gab es einen Stich, als ihr klar wurde, daß sie James kaum noch etwas von ihrer Arbeit erzählte. Höchstens beklagte sie sich ab und zu über ihren Chef, oder sie jammerte, wie schwierig es war, einen Parkplatz zu finden oder in der Mittagspause Einkäufe zu erledigen.
Allie hatte ein großes rotes Notizheft, in dem sie die Namen aller Familienmitglieder und die Kontaktadressen, die sie brauchte, sorgfältig verzeichnete. Sie zeigte auch eine praktische Ader, erkundigte sich nach Installateur und Elektriker und der Notfallnummer, falls Gas austrat. Dann bat sie noch darum, das Tafelsilber auf der Bank zu deponieren und alle Privatpapiere und Dokumente zu sammeln und irgendwo einzuschließen.
»Das ist doch gar nicht nötig.« James lächelte verträumt. Typisch, so lächeln Männer Ende Dreißig, dachte Maura.
»Bitte tun Sie das, James.« Allie ließ sich nicht beirren. »Wissen Sie, ich habe meine Erfahrungen. Ich habe schon Dutzende von Häusern gehütet. Wenn Sie drüben in Amerika sind, fällt Ihnen plötzlich ein, daß Sie etwas zurückgelassen haben, was nicht für fremde Augen bestimmt ist. Das können Sie auf diese Weise vermeiden. Wenn alles weggesperrt ist, können Sie mich auch nicht bitten, Ihre Zahnarztrechnung zu bezahlen oder Ihre Einkommenssteuererklärung herauszusuchen, es ist also auch für mich ein gewisser Schutz.«
Allie hatte ein ansteckendes Lachen. Sie warf den Kopf

zurück und lachte wie ein Kind. Ihre Zähne waren makellos, ihr Hals lang und sonnengebräunt.
Maura strich sich über die Haare. Neben diesem hübschen, langbeinigen Mädchen mit den Leinenschuhen und der goldbraunen Haut sah sie aus wie eine Matrone, altmodisch und gesetzt mit Strumpfhose und Halbschuhen. Und wenn Maura das auffiel, war es James bestimmt auch nicht entgangen.
Allie fragte nach Verwandten und Freunden, schrieb Namen und Telefonnummern auf. Sie notierte sich, daß Mauras Schwester Hunde nicht mochte und daß James' Mutter stets vergaß, die Tür hinter sich abzuschließen. Offenbar begriff sie alles auf Anhieb.
Allie versprach, jede Woche zu schreiben und James und Maura über alles auf dem laufenden zu halten. Sie ließ sich erklären, was mit Nachrichten auf dem Anrufbeantworter und mit der Post geschehen sollte.
»Da hat doch der liebe Gott seine Finger im Spiel gehabt«, meinte James, als Allie sich schließlich verabschiedet hatte.
Das, fand Maura, ging nun doch zu weit. Zudem übersah er, daß schließlich sie, Maura, die Haushüterin gefunden hatte.
»Ja, der liebe Gott und meine Freundin Patsy!«
»Natürlich.« Auf solche Feinheiten legte er keinen Wert.
»Ist sie nicht ein Schatz?«
»Sie ist genau das, was wir brauchen«, fuhr er beglückt fort. »Ich hätte mir nicht träumen lassen, daß es solche Menschen überhaupt gibt.«
Mauras Magen krampfte sich zusammen, es war ein phy-

sischer Schock, als hätte sie gerade gemerkt, daß sie eine Glasscherbe verschluckt hatte. Doch sie wußte, daß sie ihre Angst nicht zeigen durfte.

»Ja, sie ist phantastisch, du hast recht.«

»Was habe ich doch für eine kluge Frau«, sagte James.

Maura spürte, wie ihr eine Gänsehaut über den Rücken lief. Sie saß hier in ihrem Garten, und auf eine merkwürdig losgelöste Weise wurde ihr klar, daß sie diesen Augenblick nie vergessen würde. Alle Einzelheiten prägten sich ihr ein: die Uhrzeit und das Datum, ihre Haltung auf dem Gartenstuhl, während sie der Colliehündin Jessie den Kopf streichelte. Mit einer bisher ungekannten, untrüglichen Sicherheit wußte sie, daß Allie eine Gefahr für sie darstellte. Eine echte Gefahr, die all ihre Hoffnungen zu zerstören drohte.

Sie hatte sich schon oft gefragt, wie sich Frauen verhielten, sobald sie Gewißheit hatten. Aber dann sagte sie sich, daß nur wenige Frauen soviel Voraussicht besaßen wie sie. Andere Frauen brauchten Indizien und Beweise oder Freundinnen, die einem gewisse Dinge zuflüsterten, die man besser wissen sollte. Oder, noch schlimmer, der Ehemann rückte selbst mit der Sprache heraus.

Maura fragte sich, ob es besser war, wenn man soviel im voraus wußte. Hatte sie dadurch irgendeinen Vorteil gegenüber den anderen? Konnte sie dadurch Punkte machen in dem Spiel, bei dem es darum ging, den Ehemann zu halten? Konnte sie so noch den Sirenenruf Allies abwehren, die doch bereits sein Herz erobert hatte?

Mithalten konnte sie da nicht. Maura hatte dichtes, feines, helles Haar; eine schwarze Lockenmähne, die man nur zu schütteln brauchte, war ihr nicht gegeben. Ihr Mund war klein, beinahe ein Schmollmund, was sie früher für ein Vorzug gehalten hatte, aber ein solches Lachen und solche perlweißen Zähne wie Allie hatte sie nicht zu bieten. Mauras Arme und Beine waren weiß, nicht lang und goldbraun. Bei einem offenen Kampf hätte Allie den Sieg errungen. Ein offener Kampf kam also nicht in Frage.

Vor ihrem Aufbruch sahen sie Allie noch einmal, und zwar am Morgen der Abreise. Sie hatte ihre eigene Bettwäsche mitgebracht, erklärte Allie. Man sah sie aus einem riesigen Weidenkorb hervorlugen.

»Haben Sie sonst kein Gepäck?« Maura versuchte angestrengt, nicht wie Allies Mutter oder ihre Lehrerin zu klingen.

Allie lächelte. »Wissen Sie, ich bin eine Zigeunerin. Was brauche ich schon? Ich benutze die Sachen von anderen Leuten. Ich sehe bei ihnen fern, ich schaue auf ihre Uhr, höre ihr Radio, nehme ihren Teekessel … Ich muß mich nicht mit viel Besitz belasten.«

James lauschte ihren Worten wie der heiligen Offenbarung. Sein Blick streifte auch die Zipfel von Allies Bettwäsche. Hübsche blaue und rosa Blümchen, gekräuselter Saum. Maura wußte, daß ihre biedere, sorgfältig abgestimmte Bettwäsche in Weiß und Pink im Vergleich dazu wenig einladend wirkte.

Es war ihr nie schwergefallen, zu erraten, was James dachte. Seine Gedankengänge waren schlicht und direkt, sie bewegten sich zielstrebig von A nach B.

»Wir haben Sie noch gar nicht gefragt, Allie, ob es da jemanden gibt ... einen Freund ... einen Mann ...« Er verstummte verwirrt.
»Allie weiß, daß sie jederzeit Freunde ins Haus einladen kann«, stellte Maura klar.
»Nein, ich meine ... Sie wissen schon.« James machte einen erbärmlichen Eindruck. Er wollte unbedingt wissen, ob es jemanden in Allies Leben gab. Maura hielt den Atem an, wagte aber nicht zu hoffen. Was sie damals auf ihrem Gartenstuhl empfunden hatte, war keine dunkle Ahnung, sondern ein Blick in die Zukunft gewesen. Sie fürchtete nicht bloß, daß dieses Goldkind ihr Leben zerstören würde. Nein, sie wußte es.
Allie lachte unbekümmert. »Machen Sie sich deshalb kein Gedanken, James«, sagte sie. »Im Augenblick bin ich frei.«
»Zweifellos wird dieser Zustand nicht lange anhalten«, erwiderte er schelmisch-galant. Der Idiot.
»Sie würden sich wundern.« Sie lächelte unbeschwert. »Ich muß auf den Richtigen warten.«
Maura wußte, daß Allie drei Monate warten konnte. Der richtige Mann, James, war vorübergehend im Ausland, aber Allie würde warten und bis zu seiner Rückkehr Pläne schmieden und Intrigen spinnen.
Sie schrieb jede Woche. Zwar waren ihre Briefe an Maura adressiert, aber das war nur eine Kriegslist. Sie berichtete von langen Spaziergängen am Strand bei Killiney, wo sie Stöckchen für Jessie warf und mit James' Mutter plauderte. Eine erstaunliche Frau, und sie erzählte so interessant von dem Jahr, das sie in Afrika verbracht hatte.

»Die arme Mum ist für jeden neuen Zuhörer dankbar«, meinte James.
Allie hatte auch Mauras Schwester Geraldine kennengelernt. Offenbar besuchten sie einander häufig. Maura hoffte, daß Geraldine nicht auch dann ständig vorbeikommen würde, wenn sie wieder da waren.
Geraldine war als Kind von einem Hund erschreckt worden. Daher rührte ihre Angst.
»Das habe ich gar nicht gewußt«, sagte James.
»Ich auch nicht«, bemerkte Maura grimmig.
Der Aufenthalt auf dem Campus im Mittleren Westen war sozusagen ein Erfolg. Aber nur »sozusagen«, dachte Maura.
Tatsächlich bot sich die Chance, einander wieder näherzukommen. Abende zu zweit. Gemeinsame Spaziergänge. Keine Verpflichtungen wie zu Hause, kein nervenzermürbender Straßenverkehr, keine Gespräche über den Streß, denn alles, was man brauchte, befand sich in unmittelbarer Nähe. Höflichkeitsbesuche standen nicht an, und wenn das Telefon überhaupt klingelte, waren es freundliche Nachbarn, die einen zum Grillen oder auf einen Drink einluden.
Aber Maura brachte die ganze Woche damit zu, auf Allies nächsten Brief zu warten und den letzten zu analysieren.
»Stell dir vor, die Hurleys haben sie zum Abendessen eingeladen«, sagte James.
Maura war das nicht entgangen. »Wie nett von ihnen. Sie haben ein Herz für Streuner«, meinte Maura. Das war ein Fehler. James runzelte die Stirn.

»Ich glaube kaum, daß sie unsere Allie als Streunerin einstufen würden«, entgegnete er.
Maura war es zuwider, daß er sie »unsere Allie« nannte. Genausowenig erfreut war sie, als sie in einem Brief las, der alten Mrs. Green gehe es nun viel besser, und sie komme bald mit einer neuen Hüfte aus dem Krankenhaus.
»Ich wußte gar nicht ...«, fing James an.
»Ich wußte auch nicht, daß sie eine Hüftoperation hatte«, sagte Maura. »Die Greens leben ja sehr zurückgezogen.«
»Jetzt anscheinend nicht mehr«, bemerkte James trokken.
»Wollen wir ihnen eine Karte schreiben?« schlug Maura vor.
»Sonst warst du doch immer darauf bedacht, daß wir einen gewissen Abstand zu ihnen wahren.«
»Aber damit ist es jetzt scheinbar vorbei ...« Sie wußte, daß ihre Stimme gereizt klang.
»Wie du meinst.« Er hörte sich an, als wäre er eine Million Meilen weit weg. Genauer gesagt, ein paar tausend Meilen. Daheim, in jenem Haus mit Garten, unter geblümter Bettwäsche, auf freundschaftlichem Fuße mit den Nachbarn. Mauras Magen zog sich erneut krampfhaft zusammen. Wie in einer Rückblende im Film sah sie sich auf dem Gartenstuhl sitzen, die Hand auf Jessies samtigem Fell.
Obwohl es ein warmer Abend im amerikanischen Mittelwesten war, spürte sie einen kalten Hauch, der sie frösteln ließ.

»Ist alles in Ordnung?« fragte er besorgt. Er würde immer nett zu ihr sein, immer dafür sorgen, daß sie unter den gegebenen Umständen so gut wie möglich zurechtkam. Sie tat einen Blick in die Zukunft. Einmal im Jahr würde er vorbeikommen, um über Vermögensanlagen zu reden und zu besprechen, ob das Dach neu gedeckt werden mußte.

Aber wo würde er vorbeikommen? Das Haus würde sie sich nicht nehmen lassen. Sie würde nicht ausziehen und Allie ihr geliebtes Heim überlassen, das sie zehn Jahre lang gehegt und gepflegt hatte.

Notfalls würde sie allein dort wohnen. Tränen traten ihr in die Augen.

»Ich habe das Gefühl, daß du dich hier nicht wohl fühlst«, sagte er freundlich. »Wenn du möchtest, können wir ein bißchen früher heimfahren. Ich könnte die Vorlesungen gegen Ende ein bißchen straffen. Dann können wir eher zurück.«

»Und was ist mit Allie? Sie glaubt, daß sie drei Monate bleiben kann.«

»Ach, sie kann doch einfach noch ein Weilchen bei uns wohnen, bis sie in ihr nächstes Haus zieht. Unsere Allie macht doch keine großen Umstände.«

Maura entgegnete, sie fühle sich kein bißchen unwohl, sie fände es einfach wunderbar hier, es käme gar nicht in Frage, früher heimzufahren. Sie lächelte gezwungen, denn sie wußte nur allzugut, wie klein ihr Mund war. Ohne chirurgischen Eingriff würde sie nie so ein strahlendes, offenes Lächeln zustande bringen wie Allie.

An einem wunderbaren Septembertag kamen sie nach Hause. Maura rief Allie vom Flughafen aus an.
»Wie hat sie geklungen?« erkundigte sich James eifrig.
Maura hätte am liebsten gesagt, daß sie sich anhörte wie ein zu groß geratenes Schulmädchen, das sie überschwenglich willkommen hieß und vor Mitteilsamkeit förmlich übersprudelte. Statt dessen erwiderte sie nur, Allie ginge es offenbar gut, und sie hätte ein paar Leute eingeladen. »Das ist ganz reizend von ihr.« James lächelte glücklich. »Freunde von ihr, oder?«
»Nein, Freunde von uns, glaube ich«, sagte Maura.
»Wir haben nicht besonders viele Freunde«, meinte James geistesabwesend.
»Natürlich haben wir Freunde«, gab Maura schnippisch zurück.
Auf dem Flughafen von Dublin wurden die anderen Passagiere abgeholt, umarmt, nach draußen zu den Autos begleitet. Maura und James, die niemand in Empfang nahm, schoben ihr Wägelchen mit dem Gepäck zu einem Taxi.
»Es hätte uns schon jemand abgeholt, wenn wir gewollt hätten«, sagte Maura. Eine Antwort auf eine Frage, die niemand gestellt hatte.
Draußen auf dem Rasen hatte Allie einen Tisch gedeckt. Vasen mit Blumen und Krüge voll Sangria standen darauf. James' Mutter war da, machte sich nützlich und hatte das Gefühl, daß sie die Verantwortung trug. Geraldine war gekommen und ihr schweigsamer Mann Maurice. Angeregt unterhielt sie sich mit Mr. und Mrs. Green über die gelungene Hüftoperation. Auch die Hurleys

mit ihrer Großfamilie waren da. Die Kinder schienen Allie allesamt gut zu kennen. Maura hingegen konnte sich nur mit Mühe ihre Namen merken, es waren so viele. Ein Ehepaar, das über der Straße wohnte und das Maura und James nie kennengelernt hatten, mischte sich ebenfalls unter die Menge.

»Ich hoffe, wir stören nicht«, meinte die Frau. »Aber Allie hat darauf bestanden. Sie sagte, Sie würden sich freuen, wenn alle kommen.«

»Da hat sie vollkommen recht.« Maura bemühte sich um den herzlichen, enthusiastischen Tonfall, der in dieser Situation angebracht war.

»Gehen Sie doch erst mal unter die Dusche, Sie müssen ja ganz erschöpft sein.« Allie dachte eben an alles.

Maura stand unter dem Wasserstrahl, während sich James am Waschbecken rasierte.

»Ein tolles Mädchen«, bemerkte er mindestens zum drittenmal. Er hatte es eilig, wieder nach unten zu kommen, damit er nichts versäumte. »War das nicht eine umwerfende Idee von ihr?«

Mauras Stimme zitterte. »Phantastisch«, sagte sie und hoffte, daß das Rauschen des Wassers ihr Schluchzen übertönte. »Einfach großartig. Geh du nur runter. Ich komme gleich nach.«

Sie stand in ihrem Schlafzimmer und suchte nach einem Kleid, das festlich und fröhlich aussah. Aber es kam ihr vor, als hätte sie nur Blusen und Röcke oder altmodische Kleider, die besser zur Generation der Greens oder ihrer Schwiegermutter gepaßt hätten.

Noch am selben Nachmittag zog Allie aus. Sie würde

nicht bleiben, um Mauras Leben zu zerstören und ihr ihren Mann wegzunehmen. Ihr nächster Auftrag führte sie ins Ausland – in die Dordogne, wo sie sich um einen Bauernhof kümmern würde.

Aber an jenem Tag, auf dem Gartenstuhl, hatte Maura recht gehabt. Allie hatte ihr Leben ruiniert. Denn sie hatte goldene Türen aufgestoßen und allen gezeigt, wie wunderbar das Leben sein konnte, aber nie wieder sein würde. Jetzt würde niemand mehr James' Mutter bitten, lange Geschichten über Afrika zu erzählen. Niemand würde zuhören, wenn Geraldine weitschweifig und voller Selbstmitleid von ihren Kindheitserlebnissen mit bellenden Hunden berichtete. Die alten Greens würden in ihr Gewächshaus zurückkehren und die ehrgeizigen Hurleys hinter ihre Hecke.

Die Leute von gegenüber würden nie wieder stören. James würde die Stirn runzeln, ohne zu ahnen warum, und nur Maura würde wissen, daß nichts mehr so sein würde wie früher.

PAUSCHALREISE, RÜCKTRITT INBEGRIFFEN

Sie lernten sich bei einer Weihnachtsfeier kennen, und plötzlich erschien ihnen alles strahlend und funkelnd, nicht mehr kitschig und geschmacklos wie noch wenige Minuten zuvor.

Sie hatten auf Anhieb einen Draht zueinander, und als sie sich später darüber unterhielten, fanden sie diesen Ausdruck »einen Draht zu jemandem haben« ganz passend. Ein schönes Bild dafür, wenn zwei Menschen sich kennenlernten und mehr und mehr Gemeinsamkeiten entdeckten. Beide waren gleich alt, jeder ein Vierteljahrhundert. Shane arbeitete bei einer Bank, Moya bei einer Versicherungsgesellschaft. Shane stammte aus Galway und fuhr jeden Monat nach Hause. Moyas Familie lebte in Clare, wohin sie alle drei Wochen fuhr. Shanes Mutter war sehr schwierig und wollte, daß er Priester wurde. Und Moya hatte ihrem nicht minder schwierigen Vater weismachen müssen, sie wohne in Dublin in einem Wohnheim und nicht etwa in einem Untermietszimmer.

Shane spielte viel Squash, weil er einem Herzanfall vorbeugen wollte. Und, was er noch mehr fürchtete, der Fettleibigkeit. Damit würde er beruflich gegenüber schlanken, dynamischen Konkurrenten ins Hintertreffen geraten. Moya ging zweimal wöchentlich zur Gymnastik, weil sie in späteren Jahren wie Jane Fonda aussehen und eine gute Kondition für ihre Urlaubsreisen haben wollte.

Ins Ausland reisten sie beide für ihr Leben gern. Als sie zum ersten Mal zusammen ausgingen, erzählte Shane von seinen Urlauben in Tunesien, Jugoslawien und auf Sizilien. Moya wiederum berichtete von ihren Erlebnissen in Tanger, in der Türkei und auf Zypern. Unter all ihren Freunden waren sie anscheinend die einzigen, für die eine schöne Auslandsreise den Höhepunkt des Jahres bedeutete.

Moya meinte, die meisten Leute in ihrem Bekanntenkreis gäben ihr Geld für Kleider aus, während Shane bedauerte, daß in seiner Clique das Geld immer in Autos investiert oder in den Kneipen vertrunken werde. Schon bald stellten Moya und Shane fest, daß sie Seelenverwandte waren, die sich bei warmem Sekt auf einer Weihnachtsfeier, wo keiner den anderen kannte, begegnet waren. Das Schicksal hatte sie zueinander geführt.

Als im Januar die neuen Kataloge erschienen, waren sie die ersten, die sie abholten; noch bevor andere Leute überhaupt nur an Urlaub dachten, hatten sie sich schon mit ganzen Plastiktüten voll Prospekten eingedeckt. Sie notierten sich die günstigsten Angebote, etwa, wo man in der Vor- oder Nachsaison drei Wochen Urlaub zum Preis von zwei Wochen machen konnte. Und sie verstanden es, zwischen den Zeilen zu lesen.

Hübsche, üppig wallende Hängeblumen an Balkonen konnten bedeuten, daß es von Mücken wimmelte. »Blick auf das Hafen-Panorama« hieß möglicherweise, daß das Hotel auf einer steilen Anhöhe lag. »Einfache Ausstattung« ließ auf fehlende sanitäre Einrichtungen schließen, und wenn von »fröhlicher Club-Atmosphäre« die Rede war, hatte man wahrscheinlich die ganze Nacht Diskolärm.

Was sie am meisten empörte, war der Einzelzimmeraufpreis. Unerhört, daß man dafür bestraft wurde, wenn man allein reiste! Wieso ging die Tourismusbranche so selbstverständlich davon aus, daß die Leute immer nur paarweise auftraten, wie die Tiere in der Arche? Und wie kam es, daß die Verbraucher diese Regelung widerspruchslos hinnahmen? Moya wußte einiges zu erzählen von Leuten, die nur deshalb zusammen in Urlaub fuhren, weil sie zufälligerweise alle in der ersten Junihälfte frei hatten.

Shane meinte, Bekannte von ihm seien als Freunde zusammen nach Spanien geflogen und als Feinde zurückgekehrt, weil die einzige gemeinsame Basis für ihren Urlaub gewesen sei, daß es zeitlich gerade gepaßt hatte.

Doch im Lauf der Monate, als sie sich häufiger trafen und jeder sein Reiseziel allmählich enger eingrenzen konnte, wurde ihnen klar, daß sie diesen Sommer wahrscheinlich zusammen verreisen würden. Es war dumm, sich weiter etwas vorzumachen, sie sollten dieser Tatsache lieber ins Auge sehen.

Das taten sie auch ganz bereitwillig, als sie eines Abends bei Spaghetti zusammensaßen.

Mittlerweile waren nur mehr zwei Ziele in der engeren Auswahl, die italienischen Seen und die Insel Kreta. Und

plötzlich war ihnen beiden klar: Dieses Jahr würde es Kreta sein. Nur das leidige Problem mit den Einzelzimmern stand dem noch im Wege.
Sie waren noch kein Pärchen. Und sie wollten nichts überstürzen, indem sie aus rein praktischen Erwägungen heraus ein Doppelzimmer buchten. Andererseits wollten sie diese Möglichkeit nicht ausschließen, was bei zwei separaten Zimmern der Fall gewesen wäre. Shane meinte, am vernünftigsten wäre vielleicht ein Zweibettzimmer. Das mußten sie nur bei der Buchung ausdrücklich angeben. Ein Zimmer mit zwei Betten, keinem Doppelbett. Schließlich seien sie ja beide erwachsen, versicherten Shane und Moya einander.
Sie konnten doch ohne weiteres in zwei getrennten Betten schlafen, und angenommen, nur mal angenommen, sie würden im Lauf der Zeit, nach reiflicher Überlegung, aus freien Stücken und im gegenseitigen Einvernehmen zu dem Entschluß gelangen, in einem Bett schlafen zu wollen ... dann war das, wenngleich etwas beengt, ja immer noch möglich.
So beglückwünschten sie sich zu ihrer Reife und leisteten eine Anzahlung für die Buchung. Sie hatten sich für ein durchschnittliches Hotel in einem noch nicht so überlaufenen und zugebauten Ort entschieden. Als Zeitraum erschien ihnen Juni am günstigsten, denn dann blieb man vor den schlimmsten Touristenhorden verschont. Jeder der beiden sparte gezielt darauf. Sie wußten, daß dieses Jahr das beste ihres Lebens und der Urlaub der erste von vielen gemeinsamen Urlauben überall auf der Welt sein würde.

Die dunkle Wolke, die den Horizont verfinsterte, zog im März herauf, als sie gemütlich beisammensaßen und ein Hochglanzmagazin durchblätterten. Shane machte Moya auf einen großen Koffer mit Rädern und einen dazu passenden kleineren Koffer aufmerksam. Die seien doch klasse, meinte er; ein bißchen teuer vielleicht, aber die Anschaffung würde sich lohnen.
Moya glaubte, sie habe die falsche Seite aufgeschlagen. Solche Koffer kauften sich höchstens Amerikaner, die auf Weltreise gingen.
Shane vermutete ebenfalls, Moya habe sich in der Seite geirrt. Das seien doch zwei ganz normale Koffer, nur ein bißchen schicker und auf dem Gepäckausgabeband leicht wiederzuerkennen. Genau das richtige für einen zweiwöchigen Urlaub. Aber für wie viele Leute denn, fragte Moya verstört. Für das, was sie beide zusammen mitnahmen, sei der kleinere Koffer doch schon mehr als ausreichend. Nun, für eine Person, für mich, antwortete Shane mit verständnisloser Miene.
Zwischen den beiden glücklichen jungen Leuten tat sich mit einem Mal ein Abgrund auf. Bis jetzt hatten sie eine so offene und aufrichtige Beziehung gehabt, doch plötzlich lagen unausgesprochene Dinge in der Luft. Dabei hatten sie einander oft erzählt, daß die Beziehungen ihrer Freunde in die Brüche gegangen und sogar Ehen gefährdet gewesen waren, weil die Partner es nicht schafften, mit einigen klärenden Worten die Atmosphäre zu reinigen. Das würde Shane und Moya nicht passieren. Trotzdem brachte es anscheinend keiner der beiden fertig, das Thema »Koffer« noch ein-

mal anzuschneiden. Diese Kluft war nicht zu überbrücken.
Doch abgesehen davon schienen sie so glücklich wie eh und je. Sie unternahmen Spaziergänge am Pier, spielten Squash, gingen zur Gymnastik und trafen sich mit den Freunden des einen oder des anderen. Beiden gelang es, die Sache mit dem Gepäck zu verdrängen. Bis zum April, als eine weitere dunkle Wolke heraufzog und sich in einem Gewitter entlud.
Es war an Moyas Geburtstag, und sie wickelte das Geschenk aus, das sie von Shane bekommen hatte: ein Reisebügeleisen. Sie drehte und wendete es und begutachtete es von allen Seiten, um festzustellen, ob es sich vielleicht um etwas anderes handelte – ja sie *hoffte* sogar, es möge sich als etwas anderes entpuppen. Aber vergeblich, es war und blieb ein Reisebügeleisen.
Hübsch, sagte sie mit matter Stimme.
Shane meinte, er wisse ja, daß Damen auch im Urlaub Wert auf eine faltenfreie Garderobe legten, und vielleicht sollte Moya das Seidenpapier nicht wegwerfen, denn es eigne sich hervorragend zum Einpacken von Kleidern, dann sähen sie nicht so zerknittert aus, nicht wahr?
Moya setzte sich abrupt hin. Das sei jetzt zwar ein ganz anderes Thema, meinte sie, aber sie würde doch gern wissen, wie viele Hemden Shane in den Urlaub mitnehmen wolle. Nun, fünfzehn auf jeden Fall, erwiderte er, und natürlich das, das er trage, sowie Freizeithemden und ein paar T-Shirts für den Strand.
»Zwanzig Hemden und T-Shirts?« brachte Moya heraus.

So ungefähr.
Und auch zwanzig paar Socken und Unterhosen, oder?
Na ja, mehr oder weniger. Wie viele mehr oder weniger?
Ein oder zwei. Dazu eine Auswahl an Schuhen und Gürteln und den einen oder anderen Sonnenhut.
Moya erwartete die ganze Zeit, er würde sie gleich mit seinem hübschen, vertrauten, herzerfrischenden Lächeln anstrahlen und sagen: »Jetzt hab ich dich ganz schön reingelegt, was?«, worauf sie sich glücklich in die Arme fallen würden. Aber Shane schwieg.
Shane hoffte, sie würde ihm endlich sagen, was sie eigentlich mit all diesen leicht inquisitorisch klingenden Fragen bezweckte. Warum erkundigte sie sich in diesem mechanischen Tonfall nach völlig normalen Dingen? Als wollte sie von ihm wissen, ob er sich die Zähne putzte oder ob er sich anzog, ehe er aus dem Haus ging. Besorgt sah er sie an. Zeigte er womöglich zu wenig Interesse an ihrer Garderobe? Ja, vielleicht sollte er sie fragen, welche Kleider sie in den Urlaub mitnahm.
Das, so schien es, war jedoch keine gute Idee. Wie sich herausstellte, hatte Moya bei all ihren Flugreisen noch niemals einen Koffer aufgegeben; sie besaß eine weiche, schmiegsame Tasche, genau so groß, daß sie unter einen Flugzeugsitz paßte und als Handgepäck durchging. In diese packte sie drei Slips, drei BHs, drei Blusen, drei Röcke und drei Badeanzüge, dazu ihren Toilettenbeutel, ein Paar Badeschlappen und eine kleine Tube Reisewaschmittel.
Sie meinte, sie könne in ihrem Urlaub gut und gern darauf verzichten, am Flughafen endlos auf ihr Gepäck

zu warten, und wozu brauche man schon eine Abendgarderobe? Die Vorstellung, daß jemand Säcke voller Schmutzwäsche nach Hause zurückbrachte, war ihr ebenso fremd wie Shane der Gedanke, man könne seine kostbaren Urlaubstage mit dem Waschen und Trocknen von Klamotten vergeuden.

»Aber das dauert doch nur ein paar Minuten«, wandte Moya ein.

»Es dauert keine einzige Minute, wenn man genug Kleider zum Wechseln mitnimmt«, entgegnete Shane.

»Wenn man soviel Zeug hat, hebt man sich ja einen Bruch«, meinte Moya. »Man kommt überhaupt nicht mehr ins Badezimmer, wenn da überall deine Wäsche herumhängt«, hielt Shane dagegen.

Sie redeten darüber, und zwar ganz vernünftig, so wie sie es sich gegenseitig immer versprochen hatten. Doch der Regenbogen war verblaßt, der Glanz getrübt.

Es wäre besser gewesen, meinten sie beide, wenn sie sich erst im Urlaub kennengelernt hätten, Moya mit ihrer schäbigen Reisetasche und Shane mit seinem übertrieben eleganten Kofferpaar. Dann hätten sie von Anfang an gewußt, daß sie unterschiedliche Ansichten hatten, was Pauschalreisen und das dafür notwendige Gepäck betraf. Vielleicht hätten sie dieses Hindernis überwunden, ehe sie sich ineinander verliebten – und es wäre nicht ein so entsetzlicher Schock auf dem Höhepunkt ihres trauten Glücks geworden.

Aber Moya und Shane dachten praktisch; sie überlegten, ob sich die Sache ausbügeln ließ, wenn sie den Einzelzimmeraufschlag bezahlten. Auf diese Weise würde

Moya die ärgerliche »Pascha-Garderobe«, wie sie sich ausdrückte, nicht zu Gesicht zu bekommen, und Shane würde nicht von ihrer nassen Unterwäsche schockiert werden, wie er argwöhnte. Aber nein, es handelte sich um eine grundsätzlichere Frage. Hier offenbarte sich anscheinend, was für Typen sie waren: viel zu verschieden, um auch nur zwei Wochen, geschweige denn ein Leben, zusammen zu verbringen.

Als gute Freunde und praktisch denkende Menschen gingen sie wieder zusammen ins Reisebüro und buchten um – mit unterschiedlichen Reisezielen und unterschiedlichen Hoffnungen und Träumen.

DIE LEHRZEIT

Es sollte eine der nobelsten Hochzeiten des Jahres werden. Dabei hätte bei ihrer Geburt vor einem Vierteljahrhundert niemand auch nur einen Penny darauf verwettet, daß sie je an solch einem gesellschaftlichen Ereignis teilnehmen würde, sinnierte Florrie. Wenn man in einem kleinen Haus in einer kleinen Straße in Wigan zur Welt kam, waren die Aussichten nicht sehr groß, einmal als beste Freundin der Braut an der Hochzeit des Jahrzehnts, wie es in den Zeitungen hieß, teilzunehmen. Nur schade, daß ihre Mutter das nicht mehr erleben durfte und daß es ihren Vater nicht interessierte. Jetzt hätten sie die Früchte ihrer Arbeit ernten und miterleben können, wie ihre Hoffnungen sich erfüllten.

In den morgigen Zeitungen würden Bilder von Florrie erscheinen, und wahrscheinlich konnte man sie sogar schon heute bei den Abendnachrichten im Fernsehen sehen. Auch ein Platz in den Hochglanzmagazinen war ihr sicher, allein ihr Hut würde sie zum begehrten Kameramotiv machen. Die Bilder würden sie lachend und scherzend zusammen mit einem attraktiven jungen Mann zeigen, vielleicht einem Adligen. Das war leicht zu arrangieren, denn anders als bei den meisten Hochzeiten in diesen Kreisen zählten nur wenige Freundinnen der Braut zu den Gästen. Und die pferdegesichtigen Bekannten des Bräutigams waren nicht fotogen genug. Nein, Florrie war sich ganz sicher, daß man sie bald im *Tatler* und im *Harper's* bewundern konnte. Zumal sie die Kunst beherrschte, anmutig zu lächeln und ihr Kinn so zu recken, daß ihr Hals länger und sie insgesamt vornehmer erschien.

Sie wußte, daß es sehr viel kultivierter wirkte, wenn man nicht ständig mit einem Glas in der Hand gesehen wurde. Am besten hing man an den Lippen des wiehernden Burschen, mit dem man Konversation machen mußte, und gab sich möglichst interessiert.

Florrie kannte alle Tricks, denn sie hatte an sich gearbeitet und ständig dazugelernt, und zwar mit sehr viel größerem Eifer als in ihrer Schulzeit. Aber das war auch schon lange her, an einem anderen Ort, zu einer anderen Zeit. All das hatte sie mit Camilla erlebt, nur daß Camilla damals noch Ruby geheißen hatte. Und Ruby und Florrie waren dicke Freundinnen gewesen. Daran hatte sich im Grunde bis heute nichts geändert. In den Klatschspalten würde man Florrie morgen als »sehr enge Freundin der Braut« bezeichnen. Aber was sagte das schon aus? Niemand würde wissen, daß sie zusammen aufgewachsen waren, in der Mittagspause dicke Stullen miteinander geteilt und alte Zeitungen gesammelt hatten, nur um den Gesellschaftstratsch zu lesen und zu erfahren, wie die Menschen in einer anderen, besseren Welt lebten.

Sie hatten ihre Lektion gelernt, die kleine Ruby und die kleine Florrie. Heute deutete nichts mehr auf ihre bescheidene Herkunft, auf ihre gesellschaftlichen Ambitionen hin. Selbst auf die hinterlistigsten Fangfragen würde Camilla heute nicht mehr hereinfallen. Sie hatte stets angegeben, sie stamme aus dem Norden, ihre Eltern seien gestorben und sie habe kaum Verwandte. Am besten blieb man immer so nahe wie möglich an der Wahrheit, hatte sie Florrie geraten. Dann gab es weniger zu enthüllen, und man konnte nicht der Lüge überführt werden. Sogar für den Fall, daß irgendwann einmal jemand ihren wirklichen Namen, Ruby, herausfand, war Camilla gewappnet: Sie würde einfach entgegnen, es sei nur ein Kosename. Wie eigenartig, daß Florrie so tapfer an ihrem Namen festhielt, fand sie. Florrie hatte eben immer schon ihren eigenen Kopf gehabt. Doch Florrie hing an ihrem Namen, weil er sie daran erinnerte, wie ihre Mutter sie einst als kleines Mädchen im Arm gehalten hatte. »Ich hatte einmal eine Puppe, die hieß auch Florrie«, hatte ihre Mutter ihr erzählt. »Aber ich hätte nie gedacht, daß ich einmal ein richtiges Baby bekommen würde, so ein wundervolles Baby wie dich, für das ich sorgen kann.« Mit ihren drei Jahren, als Florrie diese Bemerkung zum ersten Mal bewußt hörte, war sie eigentlich kein Baby mehr. Auch später, wenn ihre Mutter sie morgens für die Schule anzog, hatte sie ihr Gesicht sanft in ihren roten, rauhen Händen gehalten. »Florrie«, hatte sie gehaucht, und ihre Stimme war erfüllt von Bewunderung und Liebe. »Ein wunderschöner Name für so ein wunderschönes kleines Mädchen. Sie haben gesagt, ich soll dich Caroline nennen … aber ich wollte dir einen schönen Namen geben, einen, der dir gefallen würde …

Florence. Das bedeutet Blume, meine kleine Florrie, wunderschöne kleine Blume.«
Vielleicht wurde auch Ruby von ihrer Mutter vergöttert, und vielleicht hatte Rubys Mutter ähnliche Worte zu ihr gesagt, aber Camilla sprach nie davon. Sie erzählte überhaupt nichts von ihren Eltern, nur eben, daß sie tot waren. Was der Wahrheit entsprach.
Sie waren beide bei einem Busunglück ums Leben gekommen, als sie zum erstenmal seit ihrer Hochzeit zusammen Urlaub machen wollten. Florries Vater hatte nur gemeint, das komme eben von so hochfliegenden Plänen, es habe ja unbedingt ein Busreise auf den Kontinent sein müssen. Florries Mutter schlug vor, das Kind bei sich aufzunehmen. Ruby war erst elf, und sie hatte jetzt niemanden mehr. Alle fanden die Idee prima. In ihrer Straße war es ohnehin eher ungewöhnlich, als Einzelkind aufzuwachsen. Jetzt waren Ruby und Florrie wie Zwillinge. Und abgesehen davon, daß sie ständig diese »albernen Heftchen« lasen, wie die Leute ihre Zeitschriften bezeichneten, waren sie vernünftige junge Mädchen. Nicht so dumm wie andere, die sich mit Jungs einließen und in Schwierigkeiten gerieten. Und sie waren fleißig. Samstags arbeiteten sie im Schönheitssalon und machten sich mit allem vertraut, was man dort lernen konnte. Noch nie hatte die Inhaberin zwei so willige Helferinnen erlebt. Sie fegten den Boden, falteten Handtücher und sahen fasziniert bei Gesichtsbehandlungen und Maniküren zu.
Die Kundinnen mochten die aufgeweckten jungen Mädchen, die mit offener Bewunderung alles in sich auf-

nahmen. Allerdings wußte niemand, daß sie nur dort jobbten, um zu lernen, genauso, wie sie Modeboutiquen besuchten, um ihr Wissen zu erweitern, und in dem exklusiven Hotel arbeiteten, um sich etwas abschauen zu können. Am Abend belegten sie Sekretärinnenkurse. Als sie von der Schule abgingen, waren sie auf alles vorbereitet. Ruby wollte in den Süden des Landes ziehen, um »Phase zwei« einzuleiten. Aber Florrie konnte nicht weggehen, weil ihre Mutter sehr krank war.

Wenn sie an deren Bett saß und sich ihre simplen Lebensweisheiten anhörte, floß ihr Herz vor Liebe über; zugleich aber empfand sie wachsenden Überdruß. Dad, so beteuerte ihre Mutter, sei im Grunde ein guter Mensch, das müsse sie ihr glauben. Er sei nur eben ein bißchen stur und trinke hin und wieder zu viel. Dabei war in den siebzehn Jahren, die Florrie in diesem Haus lebte, noch nie ein freundliches Wort über Dads Lippen gekommen. Aber Florrie nickte nur, als ob sie ihrer Mutter, die das Krankenhaus nicht mehr lebend verlassen würde, beipflichtete. Daß Ruby nach London gezogen war, sei schon richtig gewesen, meinte Florries Mutter, sie habe nicht länger warten wollen, und wozu hätte sie auch hierbleiben sollen? Diese Frau fand es kein bißchen merkwürdig, daß das Kind, das sie einst aufgenommen hatte, sie im Stich ließ. Im Grunde ihres Herzens sei Ruby ein unglücklicher Mensch, erklärte sie, während Florrie am Bett ihrer Mutter saß und die Zähne zusammenbiß. Eine so übertriebene Nachsicht und Versöhnlichkeit war doch nicht normal, niemand konnte darin noch eine Tugend sehen. Die Krankenschwestern mochten Florrie, dieses hübsche, hochaufgeschossene Mädchen, das sich mit seinem blonden, gut geschnittenen Haar und den langen, pinkfarbenen Fingernägeln so sehr von ihrer gebeugten und abgearbeiteten Mutter unterschied. Die Tochter hatte Charakter, fanden die Schwestern. Wenn die arme Mutter einmal dahingegangen war, würde es sie sicher nicht lange bei ihrem Vater halten.

Florrie blieb genau eine Woche. Beim Abschied war ihr Vater genauso mürrisch wie immer. Er habe es kommen sehen, daß sie weggehen würde, sagte er, sie habe ihre Nase ja stets viel zu hoch getragen. Nein, sie brauche ihn nicht ständig zu besuchen, es gebe eigentlich nicht mehr viel zu sagen.

Florrie war überrascht, wie sehr sich ihre Freundin in nur zehn Monaten verändert hatte. Sie sprach die Vokale mit weniger Akzent aus, aber damit nicht genug: Ruby hieß nicht mehr Ruby. »Es ist doch nur ein Name«, erklärte sie, »meine Eltern hätten mir jeden x-beliebigen Namen geben können.«

»Ich weiß«, entgegnete Florrie. »Ich sollte eigentlich Caroline heißen.«

»Dann sei doch jetzt Caroline«, drängte Camilla.

»Niemals.« Florries Augen blitzten.

Sie sahen sich lange, forschend an.

»Es geht mir nur um den Namen«, meinte Florrie schließlich. »Für alles andere bin ich nach wie vor zu haben.«

Und tatsächlich war alles wie früher. Sie lachten, wenn mal ein Versuch, sich gewählt auszudrücken, danebenging. Es hieß nicht »aufs Klo oder auf die Toilette gehen«, sondern »sich frischmachen«; es war vornehmer, anstelle von Papiertaschentüchern richtige aus Stoff zu benutzen. Sie hatten es nicht eilig, denn dies war ihre Lehrzeit, sagten sie sich. Bis zu ihrem zwanzigsten Geburtstag wollten sie soweit sein: bereit, sich selbstsicher und ungezwungen unter den Schönen und Reichen zu bewegen, in diese Kreise einzuheiraten und den Rest ihres Lebens in Luxus zu verbringen.

Es würde nur dann Schwierigkeiten geben, wenn man die Sache unvorbereitet anging. Allzuoft hatten sie von Leuten gehört, denen die Herkunft aus einfachen Verhältnissen irgendwann zum Verhängnis geworden war. Camilla und Florrie würde das nicht passieren. Sie würden keinen Stammbaum erfinden, der einer Nachprüfung nicht standhielt. Statt dessen würden sie nur die Schultern zucken und fragen, ob das heutzutage überhaupt noch zähle. Sie würden einfach so tun, als gehörten sie dazu, und sich keine Mühe geben, ihren Anspruch darauf nachzuweisen. Auf diese Weise würde man sie akzeptieren. Es würde harte Arbeit werden, aber man durfte ihnen die Anstrengungen nie anmerken lassen – das war das Erfolgsrezept.

Und schon bald waren sie wirklich soweit. Es ging viel einfacher, als sie es sich vorgestellt hatten. Nachdem der Anfang einmal gemacht war, entwickelte sich alles wie von selbst. Sie betreuten Touristen an einem schicken Wintersportort und suchten sich danach eine Stelle bei einem vornehmen Juwelier und in einer Kunsthandlung, damit sie die »richtigen« Mädchen kennenlernten. Was die Kontakte zu den »richtigen« Männern betraf, hielten sie sich zunächst noch zurück. Erst einmal brauchten sie Frauen als Verbündete. Außerdem wollten sie jederzeit bereit sein, falls ihnen der Richtige über den Weg lief. Wie ihnen aufgefallen war, schätzte man es nicht nur in Adelskreisen, wenn die zukünftige Frau unerfahren war: In der Oberschicht herrschte die Ansicht vor, daß ein Mädchen mit einschlägigen Erfahrungen nicht unbedingt eine gute Ehefrau abgab. Und wem gefiel schon die Vorstellung, daß die eigene Frau mit allen möglichen Leuten ins Bett gegangen war?

Da sie aufgeweckt und kontaktfreudig waren, konnten sie einstweilen beruflich Karriere machen. Bald hatte Camilla eine leitende Position in einer Immobilienagentur inne, und Florrie war Teilhaberin einer Raumausstatterfirma. Nun zahlte es sich für beide aus, daß sie ihr Urteilsvermögen jahrelang geschult hatten.

Irgendwann zeigte Camilla einem Interessenten, der sie ganz hinreißend fand, einige Stadthäuser, und er lud sie für ein Wochenende zu sich aufs Land ein. Sie nahm die Einladung an, war aber entgegen seinen Erwartungen einer unverbindlichen Affäre, wie er es nannte, ziemlich abgeneigt. Sie lehnte es rundheraus ab, sich mit ihm einzulassen. Bei einer Flasche Champagner beklagte er sich darüber bitterlich bei seinem Freund Albert. Albert fand das Ganze zu komisch, diese Frau mußte verrückt sein. Er würde sie gern kennenlernen; Verrückte interessierten ihn immer.

Albert war von so edlem Geblüt, daß Camilla beinahe einen Rückzieher gemacht hätte. Doch dann beschloß sie, die Herausforderung anzunehmen. Auf diese Chance

hatte sie jahrelang hingearbeitet. Mit ihm würde sie das große Los ziehen, was sie kaum zu hoffen gewagt hatte. Albert war fasziniert von ihr. Von dem Mädchen, das nicht mit seinem Freund ins Bett gegangen war und es auch mit ihm nicht tun würde. Das vor seiner Mutter keine Angst hatte und beiläufig, ja fast gleichgültig über ihre Herkunft hinwegging. Sie war auch nicht auf sein Geld aus, schließlich hatte sie eine hervorragende Stelle in ihrer Firma. Es hieß, niemand habe so ein Gespür für das Immobiliengeschäft wie Camilla. Sie wußte sich zu kleiden und hatte eine Menge Freundinnen, die alle in den höchsten Tönen von ihr schwärmten. Und dunkle Punkte in ihrer Vergangenheit schien es auch nicht zu geben.
Camilla reizte das Spiel wunderbar aus. Erst als Albert bis über beide Ohren in sie verliebt war, erklärte sie, daß sie sich mit dem Gedanken trage, nach Washington zu ziehen. Man habe ihr ein Angebot gemacht. Was für ein Angebot das sei, erwähnte sie allerdings nicht. Aber sie hatte genau den richtigen Zeitpunkt abgepaßt. Albert konnte sie einfach nicht ziehen lassen. Wie zu erwarten war, meinte Alberts Vater, sie sei ja ein hübsches Mädchen, aber aus welcher Familie komme sie eigentlich? Darauf erwiderte Alberts Mutter ganz unverhofft, sie sei die einzige Frau, mit der Albert seine ausgedehnten Ländereien, seine komplizierten Immobilienbeteiligungen und seine Landhäuser erfolgreich verwalten werde. Der Hochzeit des Jahrzehnts stand nichts mehr im Wege. Camilla und Florrie kamen überein, daß Florrie nicht die Brautjungfer werden sollte; die Presse sei zu neu-

gierig, man würde Fragen über ihre Herkunft stellen. Die Zeitungen schreckten heutzutage ja vor nichts zurück. Vielleicht schickten sie sogar einen Fotografen los, um Florries Vater aufzuspüren, und womöglich fand dieser die kleine Straße und traf ihren Vater, Gott behüte, in Unterhemd und Hosenträgern an. Von ihm würden sie am Ende noch erfahren, daß Camilla eigentlich Ruby hieß und ihre Eltern bei ihrer ersten Auslandsreise mit einem Bus ums Leben gekommen waren.

Da war es geschickter, mit sechs blumenstreuenden Mädchen und Alberts pferdegesichtiger Schwester vorliebzunehmen. Die hübsche Florrie würde ohnehin unter den Gästen hervorstechen. Eine junge, elegante, beruflich erfolgreiche Frau – ein weiterer Beweis dafür, falls es dessen überhaupt noch bedurfte, daß Albert die richtige Braut gewählt hatte. Oder daß man angesichts der gegenwärtigen gesellschaftlichen Veränderungen und Umwälzungen mit dieser Partie zufrieden sein konnte.

Florrie stand in der alten Kirche und betrachtete die Fahnen des Regiments, in dem Alberts Familie gekämpft hatte. Die Buntglasfenster erinnerten an zahlreiche Vorfahren, und an den Kirchenbänken waren Kupferplatten mit den Namen verstorbener Familienmitglieder angebracht. Der Bischof, ein alter, freundlicher Mann, sprach von ehelichen Pflichten und Freuden. Während Florrie seinen Worten lauschte, betrachtete sie Camillas wunderschönes Gesicht; sie wußte, daß auch ihre Freundin genau zuhörte.

Dann sprach der Bischof von Liebe; er erklärte, daß die

Liebe alles besiege und Neid und Ehrgeiz und Gier vertreibe. Seine Augen wurden feucht dabei.
Am Vorabend hatten Florrie und Camilla ein langes Gespräch geführt. Seit jenem Tag, an dem Florrie nach London gekommen war und gesagt hatte, sie würde alles ändern, nur ihren Namen nicht, hatten sie nicht mehr so ausführlich miteinander geredet. Sie lachten wie früher und tranken Champagner statt Tee mit Zitrone. Tee mit Milch tranken sie schon seit ihrem vierzehnten Lebensjahr nicht mehr, weil sie gelesen hatten, daß dies nur in den unteren Schichten üblich sei.
Die Schlacht sei schon halb gewonnen, hatten sie gemeint. Nun, da Camilla einen Fuß in der Tür habe, könne sie richtige Abendgesellschaften und Hausbälle geben, um auch ihre Freundin an den Mann zu bringen. Ihre talentierte Freundin mit dem wundervoll verschrobenen Namen. Sie waren einander um den Hals gefallen und hatten sich dazu gratuliert, daß ihre Lehrzeit so prächtige Früchte getragen hatte.
Über Liebe hatten sie kein Wort verloren. Und Florrie begann zu frösteln in dieser Kirche, in der Alberts sterbliche Überreste einmal ruhen würden, sehr wahrscheinlich neben den sterblichen Überresten ihrer Freundin Ruby. Da erkannte Florrie, daß ihre Lehrzeit zu Ende war. Sie hatte es weit genug gebracht, vielleicht sogar weiter als ihre Freundin, der Braut des Jahrzehnts, deren Bilder man morgen in den Zeitungen sehen würde. Man würde sie von nun an als Lady Camilla titulieren, aber vor ihr lag ein Leben ohne Liebe. Es hieß, junge Mädchen hätten den Kopf voller romantischer Träume, doch

auf Ruby und Florrie traf das nicht zu. Sie waren zu sehr damit beschäftigt gewesen, Umgangsformen zu lernen und daß man »angenehm« anstatt »sehr erfreut« sagte. Liebe war in ihrem Lebensplan nicht vorgesehen.
Doch Florrie war fest entschlossen, sich jetzt die Zeit dafür zu nehmen. Sie würde sich an der Hochzeitstafel keine Gedanken darüber machen, bei welchen Gästen sie sich Chancen ausrechnen konnte, und ihnen über Alberts Familiensilber hinweg siegesgewiß zulächeln. Wenn einst ein Bischof oder Pfarrer oder Standesbeamter Florrie traute, würde das Wort »Liebe« kein Fremdwort für sie sein.
Irgendwie hatte sie das Gefühl, daß ihre Mutter, die ihr einen so poetischen Namen gegeben hatte, mit ihr zufrieden gewesen wäre, und sie spürte, wie ihr die Tränen in die Augen traten. Aber sie kämpfte dagegen an, denn Angehörige der Oberschicht weinen bei Taufen, Hochzeiten oder Beerdigungen nicht. Das ist es doch, was sie gegenüber anderen Kreisen auszeichnet. Florries Lehrzeit war nicht vergebens gewesen.

DIE GESCHÄFTSREISE

Lena liebte ihn schon seit vier Jahren. Natürlich ahnte er nichts davon. Männer wie Shay wären nie auf die Idee gekommen, daß jemand sie heimlich und selbstlos lieben könnte. Das wäre ihm einfach unsinnig erschienen.

Wahrscheinlich nahm er an, daß Lena ihn gern hatte, daß sie ihn bewunderte und ihn – gegebenenfalls – sicher auch anziehend finden würde. Aber wenn er überhaupt an sie dachte, ging er wohl davon aus, daß sie in festen Händen war. Es wäre ihm nicht im Traum eingefallen, daß seine stille, tüchtige Assistentin ihr ganzes Leben, vor, während und nach den Bürostunden, damit zubrachte, an ihn zu denken, daß sie alles tat, um ihm das Leben zu erleichtern, und in ihren Träumen dieses Leben mit ihm teilte.

In Maggies Augen war das, was Lena empfand, keine Liebe. Sie hielt es nur für eine fixe Idee, eine Schwärmerei. Für eine Sechsundzwanzigjährige war es ein ungesunder Zustand, sich in jemanden zu verknallen, der ihre Gefühle nicht erwiderte und nicht einmal etwas davon ahnte. Es war unklug gewesen, sich von ihm in Bann ziehen zu lassen, aber daß Lena sich in diese Träumerei derart verrannte, war nun wirklich gefährlich. Inzwischen war sie

auch keine Sechsundzwanzig mehr. Ihr siebenundzwanzigster Geburtstag war verstrichen, dann der achtundzwanzigste und der neunundzwanzigste. Bald wurde sie dreißig, und was hatte sie vorzuweisen?
Sie habe genausoviel vorzuweisen wie jeder andere, entgegnete Lena lebhaft. Sie war glücklich gewesen. Sie hatte ihm ein schönes Leben bereitet. Und im Gegensatz zu vielen anderen Frauen hatte sie sich nicht öffentlich lächerlich gemacht. Auch hatte sie sich nicht, wie so manch andere, mit dem Zweitbesten zufriedengegeben. In ihrer Arbeit ging sie ganz auf, sie genoß jede Sekunde des Tages, und das konnten die wenigsten von sich behaupten. Im Büro wurde sie geschätzt, ja, sie war sogar sehr beliebt, und nur Maggie kannte ihr Geheimnis. Mitleid brauchte sie nicht. Maggie würde nicht mit den Kolleginnen beim Kaffee tratschen und über Lenas Dummheit den Kopf schütteln. Maggie war ihre Verbündete, auch wenn sie Lena nicht verstand.
Maggie war Lenas Tante. Aber sie hatten sich immer mehr wie Cousinen oder Schwestern gefühlt. Sie waren nur zehn Jahre auseinander, und als Teenager hatte Maggie ihr Herz für die kleine Lena entdeckt und sie fortan wie eine Freundin behandelt. Jetzt war Maggie schon fast vierzig. Sie hatte große dunkle Augen und eine schwarze Lockenmähne und wirkte in Verhalten und Aussehen jünger als ihre Nichte. Und in ihrem Leben tat sich weitaus mehr. Wenn Maggie wollte, daß sich ein Mann in sie verliebte, war das kein Problem für sie. Sie mußte schon eher dafür sorgen, daß keiner so unvernünftig war und sich Hals über Kopf in sie verliebte. Und

manchmal mußte sie aufpassen, daß sie seine Liebe nicht erwiderte – was ebenso unvernünftig gewesen wäre. Sie hatte zwei Ehen hinter sich, beim erstenmal war sie verwitwet, beim zweitenmal hatte sie sich getrennt, aber das waren nur wenige Marksteine in der Liste von Maggies Liebesgeschichten: Gestandene verheiratete Männer, angesehene Familienväter wollten alles aufgeben, um mit Maggie zusammenzuleben. Oft konnte sie ihnen diese Hirngespinste nur unter großen Mühen ausreden. Es liege nicht daran, daß sie ihnen unaussprechliche sexuelle Freuden gewährt habe, erklärte sie Lena und blickte sie aus ihren großen Augen offen an. Der Grund war vielmehr, daß sich diese Männer törichterweise ein Leben mit ihr erhofften, das frei von Streß und Problemen war. Vom Zusammensein mit Maggie versprachen sie sich eine nebulöse, völlig abwegige Form von Freiheit, etwas, was sie daheim nicht fanden. Maggie hätte sie nie gebeten, mit ihr in den Supermarkt zu gehen und den Einkaufswagen zu schieben. Maggie erwartete von keinem Mann, daß er den Rasen mähte oder das Haus strich, das Auto wusch oder eine Mauer um die Veranda baute, nur um die Nachbarn zu beeindrucken. Maggie war es vollauf zufrieden, wenn es Waldpilze mit dunklem Brot zu essen gab und zur Nachspeise Erdbeeren. Das war eben eine andere Welt. Ja, bekräftigte Maggie energisch, sie lebte tatsächlich in einer anderen Welt, und für die Männer war es besser, wenn sie sich nur hin und wieder mit ihr trafen. Doch je mehr sie sich sperrte, desto mehr wurde sie begehrt. Lena erklärte, es sei eine himmelschreiende Ungerechtigkeit, daß Maggie jeden

Mann bekam, den sie wollte, während sie, Lena, die sich an alle Regeln hielt, nicht einmal diesen einen erobern konnte.

Lena hielt sich tatsächlich an alle Regeln, die man in Frauenzeitschriften nachlesen konnte. Sie hatte glänzende Haare, eine hübsche Frisur, sie war groß und schlank und hatte Schminkkurse besucht, um das Beste aus ihrem makellosen Teint, ihrer hellen Haut und ihren blauen Augen zu machen. Sie kleidete sich gut und pflegte ihre Sachen tadellos. Das sei ja auch keine Kunst, brummte Maggie, wenn Lena jeden Abend nur zu Hause sitze und von ihrem geliebten Shay träume. Dann hatte sie ja alle Zeit der Welt, um ihre Blusen zu bügeln, ihre Röcke zu reinigen, ihre Schuhe, Handtaschen und Gürtel auf Hochglanz zu bringen. Aber das hatte ihr doch alles kein bißchen genützt, zumindest nicht bei dem Mann, auf den es ihr ankam.

Lenas Freundinnen und Kolleginnen fanden, daß sie schick aussah, aber auf ihre Bewunderung legte Lena keinen großen Wert. Manchmal fragten sich die anderen, warum es in ihrem Leben keinen Mann gab. Diese Bemerkungen tat sie mit einem Lachen ab. Und abgesehen von Maggie, hatte niemand die leiseste Ahnung.

Maggie hatte ihre Kritik immer freundlich vorgebracht. Aber jetzt lag die Sache anders. Zwei Ereignisse rückten näher: Lenas dreißigster Geburtstag und eine Geschäftsreise mit dem berühmten Shay. Ja, er hatte die treue Lena gebeten, ihn nach London zu begleiten. Sie würden mit seinem Auto hinfahren und eine ganze Woche dort verbringen.

Zum erstenmal in ihrem Leben fühlte Maggie sich genötigt, als Tante ein Machtwort zu sprechen. Sie setzte Lena auf einen Stuhl und sagte, sie solle sich auf eine Standpauke gefaßt machen.

»Nein, nicht jetzt«, rief Lena. »Nur nicht jetzt. Ich muß noch soviel erledigen, alles mögliche organisieren. Mir ist noch gar nicht klar, was ich anziehen und was ich sagen soll, und ich muß ein paar Freizeitunternehmungen planen und seine ganzen Besprechungen vorbereiten. Kannst du mir die Standpauke nicht halten, wenn ich wieder da bin?«

»Nein, das kann ich nicht.« Maggie ließ sich nicht beirren. »Es geht ja gerade um diese Reise. Jetzt steht eine Entscheidung an. Wenn ihr mit der Fähre zurückkommt und die Rampe hinunterrollt, dann hat sich Shay entweder ernsthaft mit dir eingelassen oder du hast ihn dir aus dem Kopf geschlagen.«

In Lenas blaue Augen traten Tränen. »So etwas Eindeutiges, Schwarz oder Weiß, will ich gar nicht. Warum soll von dieser Reise soviel abhängen?« Es behagte ihr überhaupt nicht, einen Traum aufzugeben, der schließlich und endlich den Mittelpunkt ihres Lebens bildete.

»Weil du bald dreißig bist und zum erstenmal mit diesem Schönling ins Ausland fährst. Und weil noch das ganze Leben vor dir liegt.«

»Das macht mir angst. Ich will gar nicht versuchen, ihn zu verführen oder so.« Lena zitterte allein schon bei dem Gedanken.

»Warum machst du dann so ein Theater darum, was du anziehen sollst und wie du aussiehst? Wenn du nicht darauf aus bist, ihm zu gefallen, warum begnügst du dich dann nicht mit Jeans und einem alten Pullover?« bohrte Maggie unbarmherzig weiter.

»Bei dir ist das anders. Du kannst dir jeden angeln, den du willst.«

»Das könntest du auch, wenn es dir die Mühe wert wäre. Das hat nichts mit gutgeschnittenen Kostümen oder richtig aufgetragenem Rouge zu tun«, stellte Maggie klar.

»Womit dann?« wollte Lena wissen.

»Ich verrate es dir, aber nur wenn du mir versprichst, daß du am Ende der Woche eine klare Entscheidung triffst. Wenn ihr von der Fähre kommt, seid ihr entweder ein richtiges Liebespaar oder du läßt deinen Job sausen und schlägst ihn dir aus dem Kopf.«

»Das hört sich an wie ein Pakt mit dem Teufel«, klagte Lena.

»Mit einem Schutzengel, würde ich eher sagen.«

Drei Stunden saßen sie zusammen, Maggie hatte ihr Notizbuch vor sich liegen. Kleider oder Parfum fanden keine Erwähnung. Auch strategische Schachzüge, etwa ein versehentlich gebuchtes Doppelzimmer statt zwei Einzelzimmern, wurden nicht in Betracht gezogen. Sie forschten auch nicht nach romantischen Restaurants in London mit Kerzenlicht und dezenter Geigenmusik. Nein, wenn Lena ihren Angebeteten für sich gewinnen wollte, waren derlei billige Tricks nur Kindereien, fand Maggie. Und weil nahezu jeder Mann, der in Dublin herumlief, eine Schwäche für Maggie hatte, lohnte es sich bestimmt, auf sie zu hören.

Mit Entsetzen stellte Maggie fest, daß Lena für diesen Mann vier Jahre lang gearbeitet und ihn noch dazu die ganze Zeit geliebt hatte und trotzdem so wenig über ihn wußte. Maggie hatte einen ganze Reihe von Fragen. Lena wußte nichts über seine Schulzeit, ob er gern zur Schule gegangen war oder nicht. Sie hatte nie gefragt, wie er in der Geschäftswelt Fuß gefaßt hatte. Sie wußte nicht, wer sein erster Arbeitgeber gewesen war und ob die Arbeit ihm leichtgefallen war oder ihn abgeschreckt hatte. Sie hatte keine Ahnung, was er sich im Fernsehen anschaute und ob er Sportveranstaltungen besuchte, weil er sich für das Spiel an sich interessierte oder weil er gern unter Leute ging. Lena wußte nicht, wie er mit seinen beiden Brüdern und Schwestern auskam, wie oft er seine Mutter besuchte oder ob er seine Neffen und Nichten mochte. Ob er sich am Wochenende einsam fühlte, wie so viele Menschen in Dublin, was er gerne aß und ob er eine Waschmaschine hatte oder in den Waschsalon ging – all das blieben ebenfalls ungeklärte Fragen.
»Meine Güte, was weißt du eigentlich über ihn?« Allmählich verlor Maggie die Geduld.
Lena wußte alles über seine derzeitige Freundin und über seine Verflossenen, sie kannte die Restaurants, die er besuchte, und die Nachtclubs und die Rechnungen für die Blumensträuße. Darüber wußte sie Bescheid, und natürlich erlebte sie ihn bei der Arbeit, wo er Durchsetzungsvermögen zeigte, ohne Furcht in Besprechungen ging und Auseinandersetzungen nicht scheute.
»Klar, weil du ihn immer gut informierst und ihn mit Be-

richten versorgst, für die du das ganze Wochenende opferst, wenn du nicht gerade deine Haare mit Henna färbst – in der Hoffnung, daß es ihm auffällt.«

»Ich liebe ihn«, protestierte Lena.

»Nein, du liebst ihn überhaupt nicht. Du kennst ihn nicht, du weißt nicht das geringste über ihn, abgesehen von diesem hohlen gesellschaftlichen Zeug. Du könntest ihn lieben, wenn du ihn besser kennen würdest, und er könnte dich lieben. Aber vielleicht stellst du ja fest, daß bei ihm nicht viel dahinter ist.«

Das konnte sich Lena zwar wirklich nicht vorstellen, aber sie fügte sich und versprach, Maggies Ratschläge zu befolgen. Beim Essen im Speisesaal auf der Fähre würde sie damit anfangen; und auch während der langen Autofahrt durch Großbritannien würde sie sich weder auf Geschäftsthemen einlassen noch auf Smalltalk über Nachtclubs, die sie nicht einmal kannte. Sie würde mit ihm über sein Leben reden.

»Und wenn er etwas über mich wissen will?« meinte Lena ängstlich.

Damit sei kaum zu rechnen, meinte Maggie, aber wenn er fragte, dann sollte ihm Lena die Wahrheit sagen: Daß sie glücklich und zufrieden mit ihrem Leben war. Nichts konnte einen Mann so aus der Fassung bringen wie die Vorstellung, daß eine Frau im Grunde zufrieden mit sich und ihrem Dasein war und keine Hintergedanken hegte.

»Aber das stimmt ja nicht so ganz. Völlig zufrieden bin ich nicht mit mir«, klagte Lena.

Maggie zuckte die Schultern. »Das behauptest du aber immer, wenn ich dir sage, daß du was ändern sollst.«

Darauf fiel Lena keine Antwort mehr ein.
Am Tag vor der Abreise rief Maggie an und wünschte ihr viel Glück. »Eins noch, Lena, und denk an meine Worte: Du wirst ihm gefallen, er wird dich mögen. Sogar sehr. Aber vielleicht gefällt er dir nicht.«
»Wahrscheinlich habe ich dir einen viel zu oberflächlichen Eindruck von ihm vermittelt«, flüsterte Lena, weil sie fürchtete, daß jemand im Büro etwas mitbekam.
»Wenn das dein Eindruck nach mehr als vier Jahren inniger Liebe ist, dann hast du ihn mir sicherlich ganz treffend geschildert«, meinte Maggie.
An jenem Abend beim Essen auf der Fähre erfuhr Lena eine Menge über ihn. Sie hörte, daß Shays Mutter anspruchsvoll und schwer zufriedenzustellen war, daß seine Brüder vom Leben enttäuscht waren und voller Neid auf Shays Erfolg blickten. Sie hörte, daß Shays Schwester von Erziehung keine Ahnung hatte und ihren Kindern alles durchgehen ließ. Während der Schulzeit hatte er unter seinen sadistischen Lehrern und seinen schwachsinnigen Mitschülern gelitten. Bei seinem ersten Job hatten sie ihn gnadenlos ausgebeutet und beim zweiten an der Nase herumgeführt, aber jetzt, bei seinem dritten, war er schlauer geworden. Er kochte gerne, haßte aber das Abspülen. Die moderne Wohnung mit Service, in der er lebte, war ein wenig eng, aber den ganzen Ärger mit Garten, Dach und Kanalisation in einem eigenen Haus wollte er sich nicht antun. Wenn er umziehen würde, dann vielleicht in ein Stadthaus.
Früher, das heißt noch bis gestern, hätte Lena ihm sofort angeboten, sich nach Stadthäusern zu erkundigen, und

sie hätte Stunden am Telefon verbracht, Auktionatoren und Immobilienmakler angerufen. Diesmal hielt sie sich zurück.
»Und was ist mit Ihrer Wohnung, haben Sie das Richtige gefunden?« fragte er nebenbei, als hätte er das Gefühl, doch ein bißchen zuviel über sich geredet zu haben.
»Ja, die ist in Ordnung. Ich fühle mich sehr wohl in meinen vier Wänden«, erwiderte sie. Sie erzählte ihm, daß sie eine Wohnung mit Gartenanteil hatte, mit viel Licht und hübschen Büschen und Sträuchern vor den großen Fenstern. Er nickte knapp, musterte sie aber mit etwas größerem Interesse.
Auf der langen Fahrt nach London unterhielten sie sich über Freunde. Shay sagte, in seinem Freundeskreis gehe es immer hoch her. Nein, am Wochenende ließen sie sich kaum blicken, aber dann komme er am Samstagnachmittag oft ins Büro, um Versäumtes nachzuholen. Lena wußte das nur allzugut, denn sie mußte sich am Montag mit den Ergebnissen seiner Wochenendtätigkeit herumschlagen: wirre Notizen, komplizierte Fragen. So lange sie denken konnte, hatte sie die Woche damit begonnen, seine Gedanken so zu ordnen, daß eine Sekretärin das Ganze tippen konnte. Und er bekam die Anerkennung dafür. Irgendwie fand sie es enttäuschend, daß er am Samstagnachmittag nur deshalb ins Büro ging, weil ihm langweilig war. Sie hatte geglaubt, er käme aus Ehrgeiz.
Wie sich herausstellte, brachte er seine Wäsche zu seiner Mutter. Lena traute ihren Ohren nicht, aber so war es. Er

mußte die Frau sowieso einmal die Woche besuchen, und sie hatte eine Waschmaschine, da war es doch naheliegend, ihr eine Ladung Wäsche dazulassen und die sauberen Sachen mitzunehmen. Und ihr war es ganz recht, sie hatte ja sonst nichts zu tun.

Als sie die Wegweiser nach Central London passierten, wußte Lena mehr über Shays Leben, als ihr lieb war.

Er schlug vor, eine Kleinigkeit zu essen. Doch Lena lehnte ab, vielen Dank, heute nicht. Sie habe sich in London mit Freunden verabredet, und wenn es für die morgige Konferenz nichts mehr zu besprechen gebe, werde sie ihn sich selbst überlassen.

Mit dieser Antwort hatte er nicht gerechnet. Lena beobachtete, wie er in beinahe kindlicher Enttäuschung sein hübsches Gesicht verzog.

»Jetzt erzählen Sie mir bloß nicht, daß Sie eine Runde durchs Klubviertel machen wollen«, entgegnete er nicht gerade freundlich.

»Himmel, nein, das ist überhaupt nicht meine Welt. Ich treffe mich nur mit Freundinnen zum Essen.«

Das stimmte. Ein schönes Abendessen mit zwei alten Schulfreundinnen stand auf dem Programm – die eine Nonne, die andere Krankenschwester. Und es wurde ein gelungener Abend. Sie lachten, redeten über alte Zeiten, und Lenas Lachen war ein wenig unbeschwerter als sonst. Es kostete sie keine Mühe.

Am nächsten Tag auf der Konferenz arbeiteten sie routiniert zusammen, aber in der Mittagspause entschuldigte sie sich, weil sie ein paar Einkäufe erledigen wollte. Für den Abend hatte sie Theaterkarten. Am zweiten Tag der Konferenz konnte er seine schlechte Laune kaum verhehlen.

»Wollen Sie sich eigentlich ständig aus dem Staub machen oder treffen wir uns auch mal?« brummte er.

Sie sah ihn aus großen blauen Augen an und sagte, daß es ihr wirklich leid tue ... aber da sie zu Hause nie miteinander ausgingen, habe sie angenommen, hier würde es nicht anders sein. Aber selbstverständlich würde sie gern mit ihm essen gehen, wenn er ein bestimmtes Lokal im Auge habe.

»Ich dachte, Sie könnten uns etwas reservieren lassen«, sagte er.

»Aber nein, das würde mir nicht im Traum einfallen. Wenn Sie mich zum Essen einladen, müssen Sie natürlich entscheiden, wohin wir gehen.«

Früher wäre es die Erfüllung ihrer kühnsten Träume gewesen. Das Restaurant war teuer und romantisch, und während er ihr eine Geschichte nach der anderen erzählte – wie man ihn verkannt, verraten und verkauft habe, bis er es ihnen heimgezahlt hatte –, ergriff er schließlich sogar ihre Hand.

»Mit Ihnen kann man gut reden, Lena. Und Sie sind wunderschön. Das ist mir bisher nicht aufgefallen.« Sie lächelte. Ihr Lächeln verriet, daß sie damit gerechnet hatte, aber keineswegs darüber in Verzückung geriet.

Als sich der Abend dem Ende zuneigte, schlug Shay vor, auf seinem Zimmer noch einen Brandy zu trinken, doch sie lehnte ab. Vielleicht wolle sie den Schlummertrunk lieber in ihrem Zimmer nehmen, meinte er und kam

sich dabei wahrscheinlich ungeheuer einfühlsam vor. Nein, sie wolle nichts mehr trinken, beschied ihn Lena. Sie, die so lange auf diesen Abend gewartet und sich ausgemalt hatte, wie es danach weitergehen würde.
Irgendwann kam ihr der Gedanke, daß Maggie sie womöglich geheilt hatte. Auf jede ihrer harmlosen Fragen hatte er so unerfreulich reagiert, daß sie an Shay, dem Mann, den sie seit Jahren liebte, nichts Liebenswertes mehr entdecken konnte. Es war, als hätte Maggie die Antworten im voraus gewußt.

Maggie hatte Lena nicht geraten, mit Shay über die Liebe zu sprechen.
Aber an jenem Abend tat sie es. Sie saßen in einem Restaurant und blickten auf den Fluß hinaus, und er gestand ihr, daß er glaube, sie zu lieben – ja, so seltsam es klingen mochte, da sie ja schon so lange zusammen arbeiten –, aber er glaube, daß er sie liebe.
Sie sah ihn lange an.
»Sagen Sie doch etwas«, forderte er gereizt.
»Mir … fehlen die Worte«, erwiderte sie wahrheitsgemäß.
Er griff nach ihren Händen, aber sie zog sie zurück.
»Woran denken Sie?« fragte sie ihn.
»Wie schön es ist, Sie zu lieben, wo ich Sie doch die ganze Zeit vor der Nase hatte.«
Wenigstens, dachte sie, ist er auf kindische Weise ehrlich. Schön für ihn, wenn er glaubte, daß er die Liebe die ganze Zeit vor der Nase gehabt hatte, wie ein gemachtes Bett.

Jahrelang hatte sie sich ausgemalt, wie gut sie zu ihm passen würde – genau die richtige Gefährtin, Freundin, Ehefrau. Wie sie seine Karriere voranbringen und mit seinen Schwächen zurechtkommen würde.
Bis zu diesem Abend hatte sie sich nie überlegt, was das eigentlich für sie bedeuten würde. Ein Leben lang würde sie seine Launen hinnehmen, ihn aufmuntern, wenn er sich elend fühlte, für ihn lügen, eine schöne Fassade für ihn aufbauen. Und beide Augen zudrücken, wenn es mit seinen Freunden hoch herging, wenn er sich in Clubs herumtrieb und Blondinen ausführte.
Sie lächelte ihn voller Zuneigung an. Genauso hatte ihre Tante Maggie schon unzählige Männer angelächelt.
»Und woran denken Sie?« fragte er. Jetzt war er gekränkt. Seine erklärte Liebe war nicht nur unerwidert geblieben, sie wurde belächelt, abgetan, nicht ernstgenommen.
»Ich habe an die Heimreise gedacht. Daran, wie es sein wird, von der Fähre zu kommen und heimzufahren«, sagte sie.
Die Antwort verwirrte ihn. »Warum, was machen Sie denn dann?« fragte er gespannt.
Lena überlegte. Ihren Job wollte sie nicht aufgeben, nur weil er ihr seine Liebe gestanden hatte und sie seine Gefühle nicht erwiderte. Sie mochte ihre Arbeit, sie würde bleiben und sich, wenn nötig, auch gegen ihn behaupten. Doch sie würde weder mit ihm streiten noch Erklärungen abgeben oder sich entschuldigen – Maggie tat das nie. Lena war glücklich in ihrer Wohnung mit Garten, und jetzt war sie auch noch frei. Wenn ihr zufällig

ein Mann über den Weg lief – so wie die Männer Maggie über den Weg liefen –, und er ihr wirklich gefiel, dann stand es ihr frei, sich in ihn zu verlieben.

»Was ich tun werde?« antwortete sie beinahe verträumt. Plötzlich war das Leben voller Möglichkeiten, so daß es ihr schwerfiel, die Frage zu beantworten. »Was ich tun werde, wenn ich heimkomme? Ich glaube, ich werde meine Tante anrufen.«

DIE ÜBERFAHRT

Es ist wie eine richtige Kreuzfahrt, nicht wahr?« meinte Mary, und im selben Moment bereute sie ihre Worte. Was wußte sie schon von richtigen Kreuzfahrten, abgesehen von dem, was sie in Prospekten gelesen hatte?

»Das habe ich mir auch gerade gedacht«, erwiderte Lavender, die ältere der beiden Frauen. »Nicht, daß ich je eine Kreuzfahrt gemacht hätte, weiß Gott nicht. Aber man hat das Gefühl, daß man noch zwei Wochen auf See vor sich hat und jeden Tag einen anderen exotischen Ort zu sehen bekommt. Das ist doch etwas anderes, als nur nach Liverpool überzusetzen.« Sie lachten. Sie hatten immerhin einiges gemeinsam. Beide waren noch nie auf einem Luxuskreuzer gewesen, und nun bewunderten sie die Seemöwen und genossen die paar kostbaren Minuten ohne ihre Familien.

»Sind Sie auf der Hin- oder auf der Rückreise?« fragte Lavender. Sie hatte ein sympathisches Gesicht und einen aufgeweckten, interessierten Blick. Mary hatte das Gefühl, daß man mit dieser Frau wirklich reden konnte, weil sie einem auch zuhörte.

»Auf der Hinreise. Die Kinder haben ihre Großeltern noch nie gesehen. Es wird wohl eine ziemliche Tortur.« Warum erzählte sie das einer Wildfremden? Darüber hatte sie mit keiner ihrer Nachbarinnen gesprochen, nicht einmal mit ihrer besten Freundin Kath oder ihrer Schwester Betty. Weshalb plauderte sie es vor dieser Frau mit dem nordenglischen Akzent aus, auf einer Fähre zwischen Irland und England?

»Ja, das kenne ich«, meinte Lavender mitfühlend. »Es ist doch jedesmal eine Tortur. Manchmal denke ich, wir sollten mit unseren Schwiegereltern entweder ständig in einer Sippe zusammenleben und nie fortziehen oder sie überhaupt nicht besuchen. So ist es nichts Halbes und nichts Ganzes, und man hat immer ein schlechtes Gewissen.«

Damit traf sie den Nagel auf den Kopf. Mary zuckte beinahe zusammen, als sie ihre eigenen Gedanken aus dem Mund dieser Frau hörte.

»Haben Sie auch so ... so ein Verhältnis zu den Eltern Ihres Mannes? Wenn man sich ein bißchen näherkommen möchte, und dann packt man es irgendwie falsch an ...« Mary verstummte.

»Ja?« nickte Lavender aufmunternd.

Und da begann Mary zu erzählen. Alles, von Anfang an. Langsam, mitunter etwas stockend, um eine objektive Darstellung bemüht. Wie sie John während seiner Fahrradtour durch Irland kennengelernt hatte. Daß er sich am College unwohl gefühlt hatte, daß er es als Qual empfunden hatte, als bedrückend und belastend, und nicht nur wegen des Studiums und der Prüfungen. Er glaubte nicht, daß er als Lehrer jemals glücklich werden konnte. Beim Unterrichten war er zu verkrampft, er traute sich nicht zu, die Schüler bändigen zu können, und die Vor-

stellung, sein Leben lang Tag für Tag im Klassenzimmer Kämpfe ausfechten und sich behaupten zu müssen, war ihm ein Greuel.
»Warum machst du dann nicht etwas anderes?« hatte Mary ihn gefragt. »Man lebt nur einmal. Es wäre doch schade, wenn du dein Leben mit etwas vergeuden würdest, was dir nichts bringt.«

Das war für John wie eine Offenbarung. Spontan beschloß er, sein Studium abzubrechen. Er schrieb an das College, an seine Eltern und an seine Freundin in London, er habe seine eigentlichen Ziele und Wünsche aus den Augen verloren und wolle nun in Irland zu sich selbst finden. Er würde auf einem Bauernhof arbeiten, bis er wisse, was er mit seinem Leben anfangen wolle.
Darüber war niemand erfreut – weder das College, das um sein Stipendium fürchtete, noch seine Freundin in London, die sich vier Wochen lang Sorgen machte und ihm schließlich eine Postkarte schickte, um ihm mitzuteilen, daß es ihr herzlich egal sei, ob er zu sich selbst finde oder nicht, weil sie jetzt einen »normaleren« Freund gefunden habe. Am tiefsten traf es jedoch seine Eltern. John war ihr einziges Kind. Sie hatten all ihre Hoffnungen darauf gesetzt, daß er eine Laufbahn als Lehrer einschlagen würde, und nun arbeitete er als Knecht – meine Güte! – auf einem Hof in Irland. Das paßte ihnen ganz und gar nicht. Zwar hielten sie nicht viel vom Briefeschreiben oder von Ferngesprächen ins Ausland, doch ihre Mißbilligung brachten sie sehr wohl zum Ausdruck, und zwar in aller Deutlichkeit.

Als John und Mary sich verlobten, nahmen seine Eltern an, es sei eine Muß-Heirat, was nicht stimmte. Allerdings vermuteten sie zu Recht, daß sich das Paar in einer katholischen Kirche voller Marien- und Heiligenstatuen trauen lassen würde. Sie sahen sich außerstande, zur Hochzeit zu kommen.
Mary schickte ihnen Fotos von den Kindern, von der inzwischen achtjährigen Jacinta und von John Paul, der an dem Tag geboren wurde, als der Papst Irland besuchte, und nun sieben Jahre alt war. Im nachhinein fragte sich Mary, ob sie den Kindern andere Namen hätte geben sollen. Aber so wichtig war das nun auch nicht. Johns Eltern konnten doch nichts dagegen haben, daß ein Kind einen Namen aus einem anderen Kulturkreis trug. Und Mary achtete stets darauf, ihnen Weihnachtsfotos von den Kindern zukommen zu lassen – nicht die Schnappschüsse von der Erstkommunion, die sie lieber geschickt hätte.
Lavender lobte ihre Weitsicht. Mehr könne man von Mary wirklich nicht verlangen. Wo liege denn das Problem?
Es sei nicht direkt ein Problem, meinte Mary; zwischen ihnen herrsche kein regelrechter Krieg, nur eine gewisse Distanz, in jeder Hinsicht. Und sie hatte Angst vor der Begegnung mit diesen Leuten, die nie nach Irland hatten kommen wollen und deren Anteilnahme sich in einer pflichtschuldigen Grußkarte zur Weihnachtszeit erschöpfte. Mary graute davor, sich anhören zu müssen, welch eine wunderbare Karriere jäh zu Ende gegangen war, als John sie vor zehn langen Jahren in Irland kennengelernt hatte.

Sie wollte sich nicht dafür entschuldigen, daß sie ein bescheidenes Leben auf dem Land führten, wo John auf einem Hof arbeitete und dabei glücklich war, während Mary als Schneiderin etwas dazuverdiente.
Aber jetzt fuhren sie hin, weil Johns Vater arbeitslos war, seit einem Jahr schon, und weil sie von einer Nachbarin erfahren hatten, daß Johns Vater sehr darunter litt. Als Mary ihren Schwiegereltern vorgeschlagen hatte, sie sollten sie doch in Irland besuchen, war ihr Angebot wie üblich abgelehnt worden. Dann hatte Mary die Zähne zusammengebissen und gemeint, sie könnten auch mit den Kindern zu ihnen kommen, damit sie ihre Großeltern kennenlernten. Sie erklärten sich einverstanden, aber natürlich nur widerwillig: »Wir machen uns aber keine großen Umstände.« Immerhin, sie hatten eingewilligt.
Der Besuch sollte zwei Wochen dauern. Zu lange, fand Mary, aber es war ein riesiger Aufwand, mit der ganzen Familie nach London zu fahren, und für eine kürzere Zeit würde es sich nicht lohnen.
Lavender sagte, Mary sei eine Perle von einer Frau. Bestimmt würden ihre Schwiegereltern begeistert von ihr sein und sich schon nach ein paar Tagen fragen, wie sie jemals solche Vorurteile gegen sie hegen konnten.
»Darf ich Ihnen einen kleinen Rat geben?« fragte Lavender beinahe schüchtern.
»Oh, ich wäre Ihnen für alles dankbar, was Sie mir sagen könnten. Sie sind Engländerin und ein wenig älter, ich meine,. nicht daß Sie so alt wären wie Johns Eltern, aber … Sie verstehen schon …«

Lavender lehnte sich mit dem Rücken an die Reling, blinzelte in die Sonne, und es schien, als wären ihre Worte nicht direkt an Mary gerichtet, sondern als führte sie ein Selbstgespräch. Wie sie so dastand, hätte man denken können, sie befinde sich auf einem luxuriösen Kreuzschiff und warte darauf, daß ihr gutsituierter Mann von einer Partie Decktennis mit dem Kapitän zurückkehrte.

»Ich würde nicht zu viele Entschuldigungen und Erklärungen abgeben. Vielleicht sollten Sie Ihren Schwiegereltern das Gefühl geben, sie hätten immer zu Ihrem Leben dazugehört, auch wenn das nicht stimmt. Die Kinder sollten das eine oder andere über sie wissen – wie sie heißen, wann sie Geburtstag haben, wo sie aufgewachsen sind und so weiter. Außerdem könnten Sie – und auch die anderen – Johns Eltern fragen, wie Ihr Mann denn als Kind gewesen ist, wissen Sie, so als Sieben- oder Achtjähriger, was er damals gelesen hat, womit er gespielt hat. Wahrscheinlich haben seine Eltern die Sachen noch irgendwo aufgehoben. Dann kann es gut sein, daß die Großeltern schon bald nach Irland kommen – auch wenn sie sich noch nicht gleich auf einen Termin festlegen wollen.«

Lavender verstummte und biß sich auf die Lippen. Sie hatte das Gefühl, zuviel geredet zu haben.

»Schauen Sie doch nicht so verlegen drein. Ich bin wirklich froh über ein paar Anregungen. Und das ist eine glänzende Idee. Ich habe tatsächlich keine Ahnung, wann ihr Geburtstag ist, und die Kinder wissen rein gar nichts über ihre Großeltern.«

»Im Zug nach London haben Sie ja noch eine Menge Zeit.«
»Haben Sie auch Kinder?« fragte Mary etwas zögerlich.
»Eines. Eine Tochter.« Lavenders Antwort klang, als gebe es nicht mehr dazu zu sagen.
»Das ist doch schön«, meinte Mary. »Oder nicht?«
»Momentan nicht so, nein.«

Sie schlenderten über das Deck. Überall saßen Leute in Liegestühlen, unter denen sie ihre Taschen mit den zollfreien Einkäufen verstaut hatten, und rieben sich mit Sonnenöl ein. Ausgelassene Kinder rannten umher, in entspannter Urlaubsatmosphäre kamen die Passagiere miteinander ins Gespräch. Sie mochten noch lange Auto- oder Zugfahrten vor sich haben, vielleicht sogar unangenehme Verwandtschaftsbesuche, aber auf dem Schiff war all das vorübergehend vergessen. Sie genossen diese zeitlosen Augenblicke fern der Alltagssorgen und plauderten miteinander, wozu ihnen sonst oft die Zeit fehlte.
»Das tut mir leid«, sagte Mary zu Lavender. »Sie sind so ein umgänglicher Mensch, Sie müßten doch eigentlich mit Ihrer Tochter gut zurechtkommen.«
»Wir haben uns auch gut verstanden, bis sie vierzehn war. Dann hat sie diesen Kerl kennengelernt. Ach, ich frage mich hundertmal am Tag, ob nicht alles anders gekommen wäre, wenn sie ihm nie begegnet wäre.
Von da an hat sie kein Schulbuch mehr aufgeschlagen. In diesem Jahr wurden wir jeden Monat vor den Jugendrichter zitiert; wenn nicht wegen Schulschwänzen, dann

wegen Ladendiebstahl, Klebstoffschnüffeln oder Autodiebstahl.«

Zweifellos hatten sich Lavender und ihr Mann ein anderes Leben für ihre Emma vorgestellt.

»Und ist sie über die Sache mit dem Burschen hinweggekommen?« fragte Mary und dachte seufzend daran, wie schlimm die Welt war und welchen Kummer ihr Jacinta womöglich noch bereiten würde.

»Nein, sie wird nie darüber hinwegkommen. Inzwischen ist sie achtzehn, und er hat eine andere Freundin. Emma sitzt nur da und heult. Auch jetzt sitzt sie mit ihrem Dad gerade unten im Restaurant und flennt. Ich habe es einfach nicht mehr ausgehalten. Wir haben ihr eigens diesen Urlaub in Irland spendiert, und sie hat die ganze Zeit nichts anderes getan als geheult. Irgendwann ist es mir zuviel geworden, deshalb bin ich auf das Deck gegangen.«

»Ich bin froh, daß Sie das getan haben«, meinte Mary.

»Ich auch«, pflichtete Lavender ihr bei. »Aber jetzt sehen Sie, daß es mir nicht zusteht, kluge Ratschläge zu erteilen, weil ich nicht einmal meine eigenen Probleme lösen kann. Ich kann mich nicht mal mit meiner eigenen Tochter hinsetzen und reden.«

»Aber ich finde es sehr nett von Ihnen, daß Sie Emma in den Urlaub nach Irland mitgenommen haben«, erwiderte Mary. »Das hätte nicht jede Mutter getan, wenn ihr ihre Tochter soviel Ärger macht. Sie kann sich glücklich schätzen.«

»Sie sieht das anders, sie meint, sie ist mit ihren altmodischen Gruftie-Eltern gestraft. Sie möchte lieber in Ruhe gelassen werden und mit diesem Halbstarken zusammensein.«

»Trotzdem ist sie mitgefahren. Sie ist achtzehn, sie hätte es nicht tun müssen, wenn sie nicht gewollt hätte.«

»Das stimmt«, räumte Lavender mit bedrückter Miene ein.

»Was wäre denn das Beste, was passieren könnte? Das Allerbeste?«

Lavender überlegte. »Ich dachte immer, am besten wäre es, wenn er einfach vom Erdboden verschwindet. Aber auch wenn sie mit weiß geschminkten Gesichtern und Ketten herumlaufen, Irokesenhaarschnitte haben und sich Unmengen von Sicherheitsnadeln in die Ohren bohren ... auf ihre verrückte Art lieben sie sich. Deshalb wäre es vielleicht das größte Glück, wenn sie sich lieben könnten, ohne mit dem Gesetz in Konflikt zu geraten, und wenn er ein bißchen höflicher zu uns wäre. Wir sind schließlich auch ein Teil von Emmas Leben. Wir haben sie aufgezogen, an der Hand geführt, als sie laufen lernte, wir hatten unsere Wünsche und Hoffnungen, was einmal aus ihr werden sollte. Wenn er das nur ein klein wenig berücksichtigen würde ...«

»Deswegen haben Sie gesagt, wir sollten Johns Eltern nach den Spielsachen fragen – stimmt's?« vermutete Mary.

»Wissen Sie, meine Liebe, das ist eine andere Welt als die Ihre. Sie sind eine liebenswerte, warmherzige Frau, die versucht, Brücken zu bauen. Aber er ist einfach nur ein Rowdy mit einer Teufelsfratze und will alles zerstören, was ihm in den Weg kommt.«

»Das müssen meine Schwiegereltern auch von mir gedacht haben«, sinnierte Mary. »Das wird mir jetzt erst klar. Ich war ein Fremdling und unbeirrbar in meinen Ansichten. Ständig habe ich mich darüber aufgeregt, daß sie nicht ein bißchen netter zu uns sind. Aber ich habe nie darüber nachgedacht, was *sie* empfunden haben müssen, als Eltern, die ihren Sohn großgezogen haben, die seinem Babygeplapper lauschten und ihn an seinem ersten Schultag begleitet haben.«

Seite an Seite spazierten sie weiter über das Deck. Sie würden einander nie wieder begegnen und sich auch nicht schreiben. Mary würde nie erfahren, ob der Halbstarke zahm geworden oder Emma über ihren Liebeskummer hinweggekommen war. Sie wußte nicht einmal, wie Emma aussah oder ihr Vater, der geduldig bei ihr saß und ihr eine Papierserviette nach der anderen reichte, damit sie sich die Tränen aus dem traurigen bleichen Punkergesicht wischen konnte.

Und Lavender würde nie erfahren, wie der Besuch in England verlaufen war, ob Johns Eltern seine alte Modelleisenbahn hervorkramten, damit John Paul damit spielen konnte, oder ob Mary sich mit seiner Mutter anfreundete und ihr in der Küche zur Hand ging. Und sie würde auch niemals wissen, ob die Einladung nach Irland tatsächlich angenommen wurde, wie sie vermutet hatte.

Ihre Wege würden sich nie wieder kreuzen.

Doch während ihrer ersten und einzigen Begegnung, an einem sonnigen Tag auf einem blauen Meer, sprachen sie miteinander, wie es alle Passagiere des Schiffes taten,

und den Möwen über ihnen mag es erschienen sein, als sei es eine Freundschaft fürs Leben.
Lavender erzählte Mary, daß all ihre Schwestern Blumennamen hatten, und Mary sagte, in ihrer Schulklasse habe es elf Mädchen mit dem Namen Mary gegeben, was ziemlich verwirrend gewesen sei.
Sie erfuhren auch nie, daß ihre Ehemänner zur selben Zeit zusammen an der Bar standen.
Emmas Tränen waren versiegt, John Paul und Jacinta hatten eine neue Freundin gefunden, und so ergab es sich, daß Lavenders John und Marys John gemeinsam ein Bier tranken. Sie plauderten über Golf und über die Fußballweltmeisterschaft, die eine Katastrophe gewesen sei, unterhielten sich über steigende Preise, Ronald Reagan und die Gewerkschaften.
Dann tranken Lavenders John und Marys John noch ein weiteres Bier, und das war's. Inzwischen näherten sie sich bereits Liverpool, also kehrten sie zu ihren Familien und ihrem Gepäck zurück, und die eine Familie fuhr nach Norden, die andere nach Süden.

DIE FRAUEN MIT DEN HÜTEN

Es war sehr spannend zuzuschauen, wie die Passagiere an Bord kamen, fand der Steward. Wenn man ein paarmal mitgefahren war, konnte man sie ziemlich gut einschätzen. Diese Frau da zum Beispiel würde während der ersten beiden Tage nur mit ihrem Mann streiten. Er würde den ganzen Tag in der Bar verbringen, sie würde sich einen jüngeren Mann anlachen und eine kleine Bordaffäre mit ihm anfangen. Und die da drüben hielt ihren Mann bestimmt an der kurzen Leine; sie war eine dieser eingebildeten Kranken, denen im Grunde nichts fehlte, nur daß sie sich selbst zu wichtig nahmen.

Der Steward war ein hübscher schwuler Kanadier mit dunklen Augen, der seinen Freund schrecklich vermißte und ihn von jedem Hafen aus anrief. Seine Arbeit war ihm eine Qual, die er ertragen mußte, bis er genug Geld zusammenhatte, um sich ein Haus an den Großen Seen zu kaufen.

Er unterhielt sich gern mit Helen, einer freundlichen vierzigjährigen Frau, bei der man nicht befürchten mußte, daß sie sich eines schönen Abends auf ihn stürzen würde, um ihn von ihren Verführungskünsten zu überzeugen. Sie spielte Rommé mit ihm, erzählte lustige Anekdoten über ihre Tischnachbarn und hörte interessiert zu, wenn er von Garry sprach. Helen riet ihm, Garry nicht so oft anzurufen. »Anrufe bringen nicht viel und sind noch dazu teuer«, meinte sie. Und Paul, der nette, liebenswürdige Steward, ließ sich überzeugen. Er würde sie vermissen, wenn sie in Singapur von Bord ging. Dann würde er sich jemand anderen suchen müssen.

Als er sich in Piräus über die Reling lehnte, entdeckte Paul einen gutaussehenden Mann, der in der Sonne blinzelte. Einen Augenblick lang wurde er Garry in Gedanken untreu, aber dieser Augenblick ging schnell vorüber. Überdies war der attraktive Mann offenbar in festen Händen. Eine hinreißend schöne Frau hatte besitzergreifend ihre Hand auf seinen Arm gelegt. Sie trug ihre Sonnenbrille im Haar anstatt im sonnengebräunten Gesicht, und ihr blaues, fließendes Kleid hatte exakt die Farbe ihrer Augen.

»Was hältst du von den beiden?« fragte er Helen.

»Flitterwöchner?« überlegte Helen.

»Nein, so sehen sie eigentlich nicht aus, sie haben nicht diesen versunkenen Blick«, wandte Paul ein. »Anscheinend unterhalten sie sich richtig miteinander und sagen nicht nur: ›Ist das nicht Wahnsinn, wir beide hier zusammen auf diesem Schiff‹, wie Flitterwöchner es tun würden.«

Das sonnengebräunte Mädchen trug einen großen blauweißen Hut, den sie sich in den Nacken geschoben und mit einer Kordel umgebunden hatte. Irgendwie ging sie Paul auf die Nerven. Sonnenbrillen trug man auf der

Nase und Hüte auf dem Kopf. Wo sah sie eigentlich so angestrengt hin? Er folgte ihrem Blick.
Oben auf der Landungsbrücke stand die korpulenteste Frau, die Paul je gesehen hatte. Sie trug einen rosa-weißen Hut – auf dem Kopf, wie er beruhigt feststellte. Dazu ein fließendes rosa-weißes Kleid, das die Ausmaße eines Dreimannzeltes hatte. In der Hand hielt sie eine riesige weiße Strandtasche, auf die in Rosa »Bonnie« aufgestickt war.
Obwohl Paul ihr Gesicht nicht sehen konnte, hatte er das Gefühl, daß sie noch jung war. Sogleich regte sich sein Beschützerinstinkt. Er würde sich ganz besonders um sie kümmern. Vielleicht würde sie sogar seine Freundin werden, wenn Helen fort war.
»Wollen wir die rosarote Elefantendame zu einem Drink einladen?« fragte er Helen. »Ich glaube, sie ist allein und wäre froh darüber.«
»Nein«, antwortete Helen. »Sie ist nicht allein, sie gehört zu dem Pärchen. Ich habe sie alle aus dem gleichen Taxi steigen sehen. Aber ich bin sehr für einen Drink, egal, mit wem.«
Paul warf Helen einen liebevollen Blick zu. Sie hatte ihn überredet, Garry nicht anzurufen – wegen der Zeitverschiebung, der bekannten Unzuverlässigkeit griechischer Telefone und weil er sich unnötig Sorgen machen würde, wenn niemand abhob. Helen hatte diese Liebesqualen bestimmt schon selbst durchgemacht, aber anders als die meisten Frauen wollte sie nicht ständig darüber reden oder nächtelang in Erinnerungen schwelgen. Paul nannte sie »des Stewards Freude«, weil sie

sich nie beschwerte und stets dafür sorgte, daß andere sich amüsierten. Er meinte, sie sollte eigentlich ein Honorar dafür bekommen, anstatt für die Schiffspassage zu bezahlen.

Doch was die dicke Bonnie betraf, irrte sich Helen nach Pauls Ansicht. Sie gehörte bestimmt nicht zu dem goldblonden Pärchen; vom Alter konnte sie weder die Mutter von einem der beiden noch ihr Kind sein. Aber als er nachschaute, ob sie sich zurechtfanden, traf er die drei zusammen an, wie Helen vorausgesagt hatte.

Der gutaussehende junge Mann saß in der Mitte, eingerahmt von den beiden Frauen mit den riesigen wippenden Hüten, der schlanken, braunen mit dem blauen Hut und der monströsen, lächelnden Bonnie mit dem rosaroten Hut.

»Ich bin Paul Preston, der Steward … Herzlich willkommen an Bord.« Bonnie erwiderte seinen Gruß mit einem breiten, strahlenden Lächeln und reichte ihm ihre riesige Hand.

»Wie hübsch, eine Alliteration«, antwortete sie. »Ich heiße Bonnie, und das sind Charlie und Charlotte …« Fröhlich wies sie auf das glückliche Paar. Paul konnte sich immer noch keinen Reim darauf machen, in welcher Beziehung sie zu ihr standen.

»Ebenfalls eine hübsche Alliteration«, bemerkte er zu ihren Namen.

»Das sage ich auch immer, wenn ich sie vorstelle«, erklärte Bonnie. »Ist das nicht ein merkwürdiger Zufall? Meine zwei besten Freunde wurden nach einem nichtsnutzigen Stuartkönig benannt.«

Paul hielt es für einen erstaunlichen Zufall, daß zwei Menschen namens Charlie und Charlotte sich verliebt und geheiratet hatten, aber noch erstaunlicher fand er es, daß sie sich beide mit Bonnie angefreundet hatten. Doch er würde bei diesem Thema nicht nachbohren.

Sie erfuhren, daß er aus Ottawa stammte und gerne an den Großen Seen leben würde, daß er neunundzwanzig Jahre alt und seit vier Jahren Schiffssteward war. Er erfuhr, daß sie aus Australien kamen, aber mittlerweile so lange in Europa lebten, daß sie ihre Heimat beinahe vergessen hatten. Bonnie war neunundzwanzig, und Charlie und Charlotte waren beide siebenundzwanzig. Noch so ein Zufall. Den Sommer hatten sie alle drei in Griechenland verbracht, und nun waren sie auf dem Weg nach Hongkong, um dort eine kleine Import-Export-Firma aufzubauen. Danach wollten sie einen billigen Flug nach Australien nehmen und bis Weihnachten dort bleiben. Bonnie erzählte, ihre Eltern seien gestorben, und sie habe dort keine Bindungen mehr. Charlies Vater hielt alle Menschen, die Australien verließen, für Verräter. Charlottes Mutter wünschte, daß Charlotte den Mitbesitzer einer Schaffarm heiratete. Die drei schienen sich miteinander so wohl und ungezwungen zu fühlen, daß man den Eindruck gewann, sie seien schon seit Jahren befreundet.

Ob sie wohl schon länger beruflich zusammenarbeiteten? überlegte Paul. Nein, sie kannten sich ja erst seit dem Frühjahr. Alle drei hatten in London gearbeitet. Als Bonnie mittels einer Anzeige andere Australier suchte,

um mit ihnen zusammen ein Geschäft aufzubauen, hatten sich die beiden gemeldet. So hatten sie sich kennengelernt.
»So sind Sie also zusammengekommen?« fragte Paul und blickte lächelnd auf die goldblonden Köpfe von Charlie und Charlotte, die Bonnie zu Füßen auf dem Boden saßen. Sie wirkten wie aus einer Reklame, so gesund und glücklich sahen sie aus.
»Ja, so sind wir alle zusammengekommen«, erwiderte Charlie etwas verwirrt.
Während der folgenden Tage ergab sich für Paul keine Gelegenheit, Bonnie näher kennenzulernen, weil er sie nie allein antraf. Wenn nicht gerade Charlie und Charlotte oder einer von beiden in ihrer Nähe waren, wurde sie von anderen Passagieren umringt. Sie hatte nämlich begonnen, Handtücher und Taschen mit den Namen der jeweiligen Besitzer zu besticken, und das Geschäft lief wie geschmiert. Paul war sicher, daß es irgendeine Vorschrift gab, wonach sie an Bord für dergleichen kein Geld verlangen durfte, aber er machte sich nicht die Mühe nachzuschlagen.
In Ceylon kaufte er ein wunderschönes Hemd für Garry. Helen fand, das sei viel vernünftiger, als das Geld für Telefonanrufe zu vergeuden; schließlich wisse jeder, wie unzuverlässig das ceylonesische Telefonnetz war.
Er betrachtete gerade liebevoll das Hemd, als ein Schatten darauf fiel und Bonnie sich mit leisem Schritt zu ihm gesellte.
»Soll ich Ihren Namen darauf sticken?« fragte sie. »In gebrochenem Weiß auf der Tasche, damit man es nicht so-

fort sieht, das wäre doch hübsch.« Ja, das wäre wirklich sehr hübsch. Paul bewunderte ihren Geschmack.
»Könnten Sie vielleicht ›Garry‹ draufsticken?« fragte er schüchtern.
»Ist das Ihr Freund?« wollte Bonnie wissen.
»Nun, ja», erwiderte Paul. In ihrer Gegenwart fühlte er sich unwohl, anders als mit der angenehm anspruchslosen Helen. Komisch, diese elefantöse Frau hatte offenbar keinerlei Hemmungen. Versuchte sie etwa, mit ihm zu flirten, und bedauerte, daß es noch einen Garry im Hintergrund gab?
Paul fragte sich, ob er völlig den Verstand verloren hatte. Das bildete er sich alles nur ein. Ganz bestimmt.
Sie saßen eine Weile schweigend zusammen, während die Sonne allmählich unterging. Dann erzählte er ihr, daß manchmal fliegende Fische über die Reling hüpften, und sie erzählte ihm, wie gerne sie stickte und nähte und daß sie sich irgendwann einmal ein riesiges Patchwork-Cape machen würde, in hundert Farbtönen. Damit würde sie überall auffallen, man würde sie ganz bestimmt nicht übersehen können.
Wieder fühlte sich Paul seltsam unbehaglich. Bei Helen hätte er jetzt aussprechen können, was ihm spontan einfiel – nämlich daß er es für keine gute Idee hielt, wenn eine Frau mit ihrer Leibesfülle noch zusätzlich Aufmerksamkeit auf sich lenkte. Helen hatte er immer wieder geraten, doch Lippenstift zu verwenden, sie würde damit viel hübscher aussehen; und irgendwann hatte sie ihm zuliebe welchen gekauft und ihn aufgelegt, und alle hatten sie bewundert. Er hätte gerne zu Bonnie gesagt, daß

sie sich mehr zurückhalten sollte und es fehl am Platze war, wie ein Paradiesvogel herumzulaufen. Aber ihm fehlte der Mut dazu. Er wagte auch nicht, ihr vorzuschlagen, lieber einen Weißwein mit Soda zu nehmen, anstatt des großen Biers, das sie trank, während die Sonne unterging.

Paul freundete sich also nicht mit Bonnie an, aber zu seiner eigenen Verwunderung ließ er sie nicht aus den Augen. Er beobachtete, wie sie sich frühmorgens mit ihrer Stickerei am Swimmingpool niederließ, wie Charlie und Charlotte sich später zu ihr gesellten und mit ihr die Gestaltung des Tages besprachen. Bonnie hatte vier Strandkleider, eines greller und auffälliger als das andere. Ein Exemplar war mit Sonnenblumen bedruckt, ein anderes mit riesigen Rosen, ein weiteres leuchtete in allen Regenbogenfarben. Außerdem trug sie – passend zum Kleid – stets einen breitkrempigen Hut. Gerade die Hüte fand Paul besonders unmöglich. Sie wirkten wie Flaggen, auf denen stand: »Seht mich an.« Eine Geschmacklosigkeit auch deshalb, weil Charlotte ebenfalls breitkrempige Hüte trug. Ihr standen sie phantastisch, sie sah damit aus wie ein schlanker mexikanischer Junge, während Bonnie einem riesigen Pilz glich.

Dabei fand er sie nicht unsympathisch. Im Gegenteil, sie war einer der umgänglichsten, freundlichsten Menschen, die er je kennengelernt hatte. Er wußte selbst nicht, warum er ihr gegenüber so befangen war. Sogar mit Helen sprach er darüber.

»Seit sie an Bord gekommen ist, bist du wie besessen von ihr«, meinte Helen verdrießlich. »Irgendwie bin ich so-

gar ein bißchen eifersüchtig auf sie. Ich weiß gar nicht, warum du dir ständig den Kopf über sie zerbrichst. Dabei liegt doch alles ganz klar auf der Hand.«
»Na, ich wünschte, ich könnte es begreifen«, meinte Paul.
»Du würdest sie gern beschützen und bemitleiden, du möchtest sie ermutigen, daß sie aus sich herausgeht und etwas mit anderen unternimmt ... aber das ist völlig überflüssig. Denn sie braucht kein Mitleid, sie geht bereits aus sich heraus, sie unternimmt etwas, ohne daß du es organisieren müßtest, sie hat sogar ein nettes kleines Geschäft mit ihrer Stickerei aufgezogen. Das hat ihr schon Hunderte von Dollars eingebracht.«
Paul dachte darüber nach. Nun, es lag ein Körnchen Wahrheit in Helens Worten ... aber nur ein Körnchen. Ihn ärgerte nicht, daß Bonnie seine Freundschaft zurückwies ... er hatte nur den Eindruck, daß sie auch ohne seine Freundschaft glücklich und zufrieden war. Das war der Grund für seine Verstimmung, das gab ihm einen leichten Stich.
Trotzdem fühlte er sich wie magisch angezogen von den dreien. Er beobachtete sie jeden Tag: den geschmeidigen, athletischen Charlie, der sich mit Deckspielen die Zeit vertrieb, Charlotte, die wie aus einer Werbebroschüre für Luxuskreuzfahrten wirkte, und Bonnie, die jeden Tag alberner aussah und dabei immer gelassen und selbstsicher wirkte. Pauls Mutter in Kanada war dick gewesen. Sie war kaum je vor die Tür gegangen. Aber seine Mutter war eben eine Dame gewesen, sie hatte Anstand besessen. Sie hätte keinerlei Verständnis für diese Bon-

nie gehabt, die sich benahm, ... nun, als wäre sie eine ganz normale Frau.
Bei diesen Gedanken mußte er sich zur Vernunft rufen. Selbstverständlich waren seine Mutter und Bonnie in jeder Hinsicht ganz normale Frauen, sie waren Menschen wie du und ich, nur eben dicker, als es dem allgemeinen Geschmack entsprach. Aber seine Mutter hatte gewußt, was sich gehörte, und war kaum ausgegangen, weil sie anders aussah als die anderen, und wenn es doch einmal sein mußte, trug sie dunkle, gedeckte Farben – die schlichteste Garderobe, die sie finden konnte. Bonnie mit ihren großen, verrückten Hüten, dem breiten Lächeln, dem knallroten Lippenstift wäre ihr wie eine Außerirdische erschienen.
Er überlegte, ob Charlie und Charlotte genauso fasziniert von ihr waren wie er. Fühlten sie sich auch wie das Kaninchen vor der Schlange? Er beschloß, Charlotte danach zu fragen. Ausnahmsweise saß sie einmal allein da, die Füße auf der Reling, den Hut in den Nacken geschoben. Sie wirkte reizend und wunderschön.
Wie es wohl Charlie damit ging, daß er so selten mit ihr allein war, fragte sich Paul. Nicht daß er behaupten konnte, viel über Frauen zu wissen, aber er nahm doch an, daß man die Zweisamkeit mit so einer hinreißend schönen Frau wie Charlotte dieser merkwürdigen Dreisamkeit vorzog.
»Worüber denken Sie nach?« fragte er die junge Frau, die ruhig dasaß.
»Oh, ich dachte gerade, wie einfach das Leben auf einem Schiff ist. Jemand anderer entscheidet, wohin man

fährt und wie lange man bleibt. Ich bin froh, wenn ich keine Entscheidungen zu treffen brauche.«

»Müssen Sie denn im richtigen Leben so viele Entscheidungen treffen?« fragte er.

»Unentwegt. Womit ich mein Geld verdienen soll, mit wem ich zusammenlebe, wem ich vertraue, wo ich bleiben möchte und wann ich gehen soll ... die ganze Zeit.«

»Aber das ist doch jetzt vorbei, ich meine, Sie können es jetzt gemeinsam entscheiden.« Paul nahm an, daß Charlie mehr als die Hälfte der Entscheidungen traf.

»Ja, das ist das Schöne daran, wenn man mit Bonnie zusammen ist«, erwiderte Charlotte.

»Nun, ich habe eigentlich Charlie gemeint«, sagte Paul.

»Ach, Charlie geht es genauso, das hat er schon oft gesagt. Er hat mir erzählt, wie erleichtert er war, als er ihr einen Antrag machte und sie einwilligte. Da wußte er, daß er für den Rest seines Lebens in guten Händen sein würde ...«

»Als er Bonnie einen Antrag machte?« stotterte Paul verwirrt.

»Na, als er sie gefragt hat, ob sie seine Frau werden will, wie man es eben so macht«, erklärte Charlotte. Dann plötzlich: »Stimmt etwas nicht?«

»Ich dachte, Sie und Charlie wären verheiratet«, sagte er. »Miteinander, meine ich.«

»Nein, ich bin ledig. Charlie und Bonnie haben im Frühling geheiratet. Sie müssen eigentlich gewußt haben, daß sie ein Paar sind. Wo die beiden doch eine Kabine teilen und so ...«

Paul brauchte eine ganze Weile, um das zu verdauen.

»Das wußte ich nicht«, sagte er schließlich. Noch während er es aussprach, fragte er sich, warum er eigentlich so schockiert war. Er konnte nicht länger hier sitzen und darüber nachdenken. Unversehens stand er auf und murmelte irgendeine Entschuldigung – so eine fadenscheinige Entschuldigung, daß sich die hübsche Charlotte in ihrem Liegestuhl aufsetzte und ihm nachsah, bis er unter Deck verschwunden war. Dann zuckte sie die Schultern und wandte sich wieder ihrem Buch zu.

Paul suchte Helen.

»Hast du gewußt, daß er mit Bonnie verheiratet ist und nicht mit Charlotte?« platzte er heraus.

»Ja, ja, ich habe es vor ein paar Tagen gemerkt, als ich hörte, wie jemand sie mit Mr. und Mrs. ansprach.«

Paul ärgerte sich, weil sie es so gelassen aufnahm.

»Das ist doch lächerlich. Sie passen doch gar nicht zueinander.«

»Ich finde, sie verstehen sich ausgesprochen gut«, widersprach Helen energisch. »Ich meine, schau dir doch die anderen Paare auf dem Schiff an, die unaufhörlich streiten, einander langweilen oder bei denen ständig einer beleidigt ist. Dagegen sind Bonnie und Charlie eine Wohltat.«

Paul fühlte sich gekränkt. Die Heftigkeit seiner Reaktion erstaunte ihn selbst. Er mochte die drei ganz gerne, aber keiner bedeutete ihm viel. Was kümmerte es ihn schon, wer mit wem zusammen war? Aber es ging ihm zu Herzen. Sehr sogar. Er verstand sich selbst nicht mehr.

Helen faßte ihn scharf ins Auge.

»Du hast dir da eine Phantasiegeschichte über die drei

zusammengereimt, stimmt's?« fragte sie mit freundlicher Stimme.

»Ich weiß nicht, was du meinst«, wehrte er ab.

»Du bist besessen von ihnen, besonders von Bonnie. Und jetzt hast du als letzter an Bord begriffen, daß sie mit dem blonden jungen Adonis verheiratet ist. Uns andere hat es vielleicht einen Augenblick lang irritiert, aber dich hat es beinahe umgeworfen.«

»Sie ist einfach monströs«, platzte er heraus. Helen war empört.

»Nein, das stimmt überhaupt nicht. Sie ist nicht halb so fett wie der pensionierte deutsche Missionar, der in Bombay zugestiegen ist, und sie ist auch nicht halb so dick wie diese Griechin, die ihren Bauch mit den Händen vor sich her trägt. Was willst du damit eigentlich sagen, Paul? Sie ist nur ein dickes Mädchen mit einem hübschen Gesicht. Und du hast sie noch kein einziges Mal richtig angesehen, wenn dir nicht aufgefallen ist, wie hinreißend sie aussieht. Nur ein bißchen zu dick.«

»Meine Mutter war sehr attraktiv, bis sie sich gehen ließ«, sagte Paul trotzig wie ein kleiner Junge. »Und sie ist nie in so schreienden Farben rumgelaufen, mit denen man die Aufmerksamkeit aller auf sich lenkt.«

»Ist sie überhaupt je ausgegangen?« wollte Helen wissen.

»Nein, denn sie besaß Selbstachtung. Sie wußte, daß sie nicht gut aussah, deshalb verbarg sie sich vor der Welt. Sie war eine richtige Dame und besaß Anstand.«

»Und wahrscheinlich war sie depressiv«, meinte Helen scharf. »Warum bist du dir eigentlich so sicher, daß deine Mutter aus Anstandsgefühl so gehandelt hat? Vielleicht hat sie es ja auch verrückt gemacht, in diesem riesigen Kanada zu leben und immer zu Hause zu sitzen, nur weil es ihrem hübschen kleinen Sohn und ihrem attraktiven Gatten peinlich sein könnte, wenn sie sich in der Öffentlichkeit zeigte. Du hast wirklich keine Ahnung, über niemanden.«

»Du behauptest, ich rege mich auf. Aber jetzt bist du es, die schreit«, sagte Paul, verblüfft über die Veränderung, die mit der sonst so gelassenen Helen vorgegangen war.

»Wenn ich schreie, bist du daran schuld, du intolerante, gefühllose kleine Schwuchtel«, rief Helen. »Ja, Schwuchtel, Tunte, warmer Bruder, mehr fällt mir im Augenblick nicht ein, aber es gibt bestimmt noch mehr Schimpfnamen. Vor zehn Jahren hätte man dich noch so genannt. Vor zehn Jahren wagten sich Angehörige dieser Minderheit nicht oft vor die Tür, sie besaßen Anstand, waren depressiv und haben sich versteckt.

Schau nicht so gekränkt drein. Ich sage das nur, weil mich deine konservative Einstellung ziemlich ärgert. Du hältst dich für ungeheuer fortschrittlich, weil du mir ganz offen von Garry erzählen kannst ... aber das ist großer Quatsch. Denn du erkennst nicht, daß deine eigene Mutter ein Opfer deiner Engstirnigkeit war. Was du willst, ist eine Welt voller schöner, gleicher Roboter. Eine Naziwelt, in der nur die Schönsten und Besten geduldet sind ... Werd endlich erwachsen, Paul.«

Paul schwieg betreten.

Dann sagte er: »Helen, ich will es mir mit dir nicht verderben. Vielleicht hast du ja recht, aber warum bist du so empfindlich? Du bist schließlich nicht dick und mußt nicht für die Rechte der Dicken eintreten. Sag, was berührt dich dabei so tief?«

»Ich hätte es dir vielleicht sogar einmal erzählt. In der familiären Atmosphäre auf dem Schiff hätte ich mich womöglich dazu hinreißen lassen, mich dir anzuvertrauen. Ich dachte, du wärst ein netter, liebenswerter Junge mit einem frischen, offenen Blick auf die Welt. Aber jetzt kann ich es nicht mehr, jetzt wirst du es nie erfahren. Du wirst raten müssen, aber auch wenn du noch so lange darüber nachdenkst, wirst du es nie herausfinden.«

Helen lachte ihn aus, aber nicht ohne Zuneigung.

»Nein, kleiner Paul, du wirst nie wissen, ob ich einen dicken Freund hatte, der bei einem Abmagerungsversuch gestorben ist, oder ob ich selbst einmal dick war oder ob jemand, den ich sehr gern hatte, durch brutale, gefühllose Bemerkungen wie die deinen verletzt wurde. Aber das ist ja alles nicht wichtig. Es ist nur eine Geschichte weniger, die du erfährst. Du mußt begreifen, daß du derjenige bist, mit dem etwas nicht stimmt, und nicht die dicke Bonnie – das allein zählt! Bonnie ist modern und emanzipiert und läßt sich wegen ihrer Leibesfülle nicht einsperren. Ich habe kein bißchen Mitleid mit diesem Mädchen, weil sie nämlich ein Glückskind ist – sie hat einen Mann, der sie anbetet, und sie hat einen guten Geschäftssinn. Sie ist nicht monströs, Paul, aber du könntest es sein. Du und Garry, ihr landet vielleicht mal an einem Ort, wo man Schwule nicht schätzt … und mir graut bei der Vorstellung, wie es dann um eure Courage bestellt ist und ob ihr euch dann immer noch so gut zu helfen wißt.«

Bevor sie den Raum verließ, umarmte sie ihn etwas ungelenk. Sie wollte nicht völlig unversöhnlich erscheinen. Wie betäubt stieg Paul zum Oberdeck hinauf und blickte um sich. Die Sonne ging gerade unter, und wie jeden Abend bei Sonnenuntergang trank der wunderbare Charlie seinen Drink, eingerahmt von den beiden Frauen mit den Hüten, und sie lächelten zufrieden im rötlichen Lichtschein.

ETWAS AUFREGENDES

Alle fanden, Rose habe einen Sinn fürs Praktische. Natürlich war sie auch attraktiv und sehr gepflegt – die ideale Frau für Denis, und den Kindern, Andrew und Celia, eine wunderbare Mutter. Auch als Lehrerin hatte sie Talent. Für die Leute war Rose ein leuchtendes Vorbild. Und wenn sie weniger gnädig gestimmt waren, meinten sie, es gebe niemanden, der so unbeirrt seinen Weg machte wie Rose. Mit fünfundzwanzig hatte sie einen erfolgreichen jungen Mann geheiratet. Nun hatte sie zwei Kinder, einen Jungen und ein Mädchen, sie hatte Arbeit, so daß ihr zu Hause nicht die Decke auf den Kopf fiel, und ein eigenes Auto. Sie bekam jeden Monat ihr Gehalt, und ihr Mann konnte nicht meckern, wenn sie Geld beim Friseur ließ. Ein leuchtendes Vorbild, nicht wahr?

Rose war es auch gewesen, die auf die Idee kam, den Sonntags-Brunch einzuführen. Alle hatten unter den Familienessen mit schwerem Sonntagsbraten gelitten. Nun trafen sie sich sonntags zum Brunch, spielten abwechselnd Gastgeber, und jeder brachte eine Flasche Wein und einen Salat mit. Alle zogen sich fein an. Die Kinder spielten miteinander. Wenn eins der Paare jemanden mitbringen wollte, war der Gast willkommen.

Sie gratulierten sich zu dem Einfall. Auf diese Weise blieben sie jung, und das Leben war aufregend. Man würde nicht debil und verknöchert werden wie die eigenen Eltern. Und das hatten sie nur Rose und ihren Ideen zu verdanken.

Ein weiterer Grund, warum Rose sich glücklich schätzen konnte, war, daß ihre Mutter unten in Cork lebte. Sie kam nicht ständig zu Besuch und krittelte an der Erziehung der Enkelkinder herum. Zweimal im Jahr besuchte Roses Mutter ihre Tochter in Dublin; zweimal im Jahr fuhr Rose mit den Kindern nach Cork. Auch in dieser Hinsicht hatte sie ihr Leben gut im Griff.

Folglich wären alle völlig überrascht gewesen, wenn sie gewußt hätten, wie unzufrieden Rose war, als die kurzen Herbstferien heranrückten. Es kam ihr vor, als wäre sie schon seit einer Ewigkeit Lehrerin. Jedes Jahr der gleiche Stoff, den sie mit den gleichen Worten vermittelte. Nur die Gesichter, die sie vor sich sah, wechselten. Es waren die jüngeren Geschwister der Kinder, die sie in früheren Jahren unterrichtet hatte.

Und an der Heimatfront gab es immer die gleichen Diskussionen mit dem sechsjährigen Andrew und der fünfjährigen Celia. Wenn sie in den Tierpark gingen, hatte jeder seine Vorlieben: Andrew wollte die Schlangen und die Löwen sehen, Celia die Vögel und die Häschen. Mit den Au-pair-Mädchen war es auch immer das gleiche – jedes Jahr ein anderer Name, aber es war stets dasselbe zu klären: Wann kam sie abends nach Hause, wie lange durften die Ferngespräche dauern? Und Denis? Mit ihm erlebte man auch nichts Neues. Er riß die bekannten Witze über Lehrer, die sich ein schönes Leben machen konnten, während Leute wie er, die wirklich arbeiteten, sich keine Pause gönnen durften. Er wäre nicht im Traum auf die Idee gekommen, mit seiner Frau ein paar Tage wegzufahren. Ganz egal, wohin. Und sei es in eine einfache Pension. Es kam ihm einfach nicht in den Sinn. Und wenn Rose es vorgeschlagen hätte, wäre Denis schon eine Ausrede eingefallen. Er konnte wirklich nicht weg. Die freie Wirtschaft war etwas anderes als das Lehrerdasein – da mußte man auf Draht sein. Und wie wäre es am Sonntag? Rose wollte doch bestimmt nicht den Sonntag mit den Freunden verpassen? Rose wünschte sich, sie hätte diese Sonntage nie eingeführt. Den Brunch empfand sie nur noch als Qual.

Immer mußte man fröhlich und munter sei, jedesmal eine neue Köstlichkeit auftischen, um Ausrufe des Entzückens zu ernten. Sie mußte sich die Haare in Form fönen, Make-up auflegen, zuvor die Sonntagszeitungen lesen, damit der Gesprächsstoff nicht ausging, Andrew und Celia bestechen, damit sie sich anständig benahmen. Es war immer das gleiche.

Als die Herbstferien heranrückten, wurde Rose immer schweigsamer. Ihrer Freundin und Kollegin Nancy fiel es auf.

»Wo ist eigentlich dein Schwung geblieben?« fragte Nancy. Sie war unverheiratet und behauptete immer mit gespielter Verzweiflung, sie würde nie einen Mann finden.

»Allmählich ist eben der Lack ab«, erwiderte Rose ernst und bereute im selben Augenblick ihre Offenherzigkeit.

»Vielleicht ist er in der Krise – das verflixte siebte Jahr«, meinte Nancy. »Viele Männer machen das durch, nur weil sie glauben, daß man es von ihnen erwartet. Wir armen Singles informieren uns über so etwas, um für die Ehe gewappnet zu sein, falls jemals ein Mann in unser Leben treten sollte. Aber in der Regel gehen solche Krisen auch wieder vorbei.«
Rose blickte sie fassungslos an. Nancy war wirklich begriffsstutzig. Nicht Denis, sondern Rose selbst steckte in der Krise. Sie war jetzt zweiunddreißig Jahre alt, und auf absehbare Zeit würde sich in ihrem Leben nicht viel ändern. Aber Rose hatte ihr Leben lang gelächelt und ihre Gefühle versteckt, daher nahm sie sich auch jetzt zusammen. Sie dachte eben vor allem praktisch. Es hatte keinen Sinn, mit ihrer Freundin und Kollegin Nancy einen albernen Streit anzufangen.
»Vielleicht hast du recht. Hoffen wir, daß nicht mehr dahintersteckt.« Ihre freundliche Miene verriet nicht, was sie wirklich dachte. Denn Rose sah jetzt der Wahrheit ins Gesicht. Sie war nervös und unausgeglichen. Sie suchte etwas, einen zündenden Funken, eine kleine Tändelei. Vielleicht sogar eine Liebelei. Ein Schauder der Erregung ergriff sie, nicht zu glauben! Das war doch gar nicht ihre Art! Ehefrauen, die sich auf Seitensprünge einließen, waren ihr immer außerordentlich dumm erschienen. Sie verdienten ihr Schicksal, und das war meist nicht sonderlich angenehm.
In den folgenden Tagen fand Rose, daß alles noch eintöniger war als sonst. Auf buchstäblich jeden Satz, den sie sagte, erwiderte Denis: »Entschuldige, was hast du gera-

de gesagt?« – manchmal noch bevor sie ausgeredet hatte. Tag für Tag erklärte Maria Pilar: »Ich habe den *Buus* verpaßt, der *Buus* war zu spät dran.« Es hatte keinen Sinn, der dummen Gans zu erklären, daß entweder sie zu spät dran war oder der Bus zu früh. Rose versuchte es nicht einmal mehr. Andrew verkündete Tag für Tag, daß er Cornflakes verabscheute, und Celia, die ihm alles nachplapperte, behauptete dasselbe. Roses Mutter rief regelmäßig von Cork aus an, um zu berichten, wie schön es da unten sei, welchen angenehmen, eleganten Lebensstil man hier pflege – im Gegensatz zu den rauhen Sitten und der Gewalt, die in Dublin herrschten. Rose hörte zu und murmelte etwas, wie sie es seit Jahren tat. Irgend etwas Nichtssagendes.

Und dann war es wieder Sonntag. Sie bereitete einen Reissalat mit schwarzen Oliven und Pinienkernen für den Brunch bei Ted und Susie zu. Noch bevor sie an der Tür klingelten, wußte sie, was Susie sagen würde. Susie, eine unscheinbare Frau, die gut ausgesehen hätte, wenn sie etwas Wimperntusche verwendet und leuchtende Farben getragen hätte, sagte tatsächlich genau das, womit Rose gerechnet hatte: »Wie einfallsreich du bist, Rose, Du denkst dir immer himmlische Sachen aus. Ich weiß nicht, wie du das anstellst.«

Rose hätte sie am liebsten angebrüllt, daß sie gelegentlich irgendein blödes Kochbuch zu Rate zog, aber sie unterdrückte diese Regung. Es entsprach nicht ihrem Sinn fürs Praktische, eine Freundin und Gastgeberin anzuschreien. Statt dessen lächelte sie und erklärte, das sei doch nichts Besonderes. Sie trat in den Raum – da saßen

sie alle, und jeder spielte seine gewohnte Rolle, als müsse er nur seinen Text ablesen.
Bill sprach über Fußball, Gerry über Flugpreise, ihr Denis nickte vielsagend und verbreitete sich über die staatliche Förderung von Unternehmenserweiterungen, Nick erzählte von einem Pferd, auf das er setzen wollte. Und auch die Frauen hatten ihre Themen. Annie sprach über den Müll auf den Straßen, Nessa über die ungehobelten Leute im Supermarkt ... und Susie entschuldigte sich wie immer und gab ihrer Hoffnung Ausdruck, daß alles in Ordnung sei.
Rose war in Gedanken weit weg, als Ted, der neben ihr stand und Reissalat auf seinen Teller häufte, ihr ins Ohr flüsterte: »Sehr exotisch.«
»Oh, da ist wirklich nichts dabei«, erwiderte sie mechanisch.
»Ich meine nicht den Reis, ich meine dich.« Er sah ihr in die Augen.
Ted. Ted, der jedes Jahr ein neues Auto kaufte und von dem niemand so genau wußte, was er eigentlich arbeitete. Ted, der Ehemann der mausgrauen Susie, die das Geld mitbrachte.
»Mich?« Rose blickte ihn interessiert an.
»Ja, dein Parfum, es ist wirklich sehr exotisch. Ich stelle mir manchmal vor, daß ich dich im Dunkeln sofort finden würde.«
»Das läßt sich jetzt am hellichten Tag schwer beweisen.« Sie lachte, und ihre Augen funkelten wie die seinen.
»Aber am Dienstag ist es nicht unbedingt hellichter Tag«, sagte er. »Zumindest nicht nachts.«

»Wie bist du denn zu dieser Schlußfolgerung gekommen?« fragte sie schelmisch. Ihre Stimme klang weder verwirrt noch empört – eher ermutigend. Sie erlaubte ihm sozusagen, weiterzumachen.
»Ich fahre geschäftlich nach Cork ... und übernachte dort ... da dachte ich mir, wir könnten vielleicht die Theorie mit dem Parfum ausprobieren. Zum Beispiel, ob ich dich in einem dunklen Zimmer finde. Was meinst du?«
Jetzt war der rechte Augenblick für die Frage, ob bei diesem Experiment noch mehr Leute dabeisein sollten. Aber die Frage erübrigte sich wohl. »Und hast du dir auch überlegt, wie das gehen soll?« erkundigte sie sich in ganz normalem Tonfall, als plauderten sie über eins der gewohnten Themen, die seit sieben Jahren im Freundeskreis zur Sprache kamen.
»Das habe ich mir sogar gründlich überlegt«, erwiderte Ted. »Zum Beispiel ist mir durch den Kopf gegangen, daß du Ferien hast und mal wieder deine Mutter besuchen könntest.« Er lehnte an einem Regal und sah sie an. Er sah sie interessiert an. Es war ein schönes, fast vergessenes Gefühl, daß jemand sie so ansah. Rose spürte ein Prickeln in der Magengegend.
»Du hast wirklich an alles gedacht«, sagte sie.
»Ich sehe keine Hindernisse, und du?« fragte Ted gelassen, als redeten sie über Gartenmöbel.
»Nur daß es unangenehm ist, andere unglücklich zu machen.«
»Schon, aber du und ich würden das nie tun. Es ist ja nicht so, daß wir uns verlieben oder unseren Partner sit-

zenlassen oder glückliche Familien zerstören würden. Wir möchten doch nur ein wenig ... ja, wie soll ich das beschreiben ...?«

»Mal etwas Aufregendes erleben?«

»Genau«, sagte er.

Sie fand es wirklich sehr klug, daß sie nicht weiter ins Detail gingen oder sich im voraus Alibis ausdachten. Wenn es zu dem Rendezvous kommen sollte, wovon sie fest überzeugt war, dann blieb dafür später noch genug Zeit.

Sie gesellten sich wieder zu den anderen.

Rose ließ den Blick über ihre Freundinnen gleiten: Nessa und Susie, Annie und Grace. Sehnte sich denn keine von ihnen nach etwas Aufregendem in ihrem Leben? Und wenn sie es taten, bei wem würden sie es finden? Bei ihrem Denis wohl kaum. Er brachte ja schon zu Hause selten die Zeit und Energie auf, sich derlei Vergnügungen zu widmen. Wann sollte er also den Frauen anderer Männer nachstellen? Wie jeden Sonntag endete der Brunch mit einem Besuch im Pub. Auch hier gab es feste Rituale. Niemand spendierte eine Runde, denn das hätte bedeutet, daß man den ganzen Abend blieb. Jede Familie zahlte für sich. Es ging sehr gesittet zu. Und es war furchtbar öde, stellte Rose fest.

Als sie aus dem Pub kamen und zum Auto gingen, meinte Andrew, Orangenlimo sei scheußlich, und Celia, die fast nichts anderes als Orangenlimo trank, erklärte, sie finde es auch scheußlich.

Denis öffnete Rose die Autotür. »Wir haben wunderbare Freunde, findest du nicht?« sagte er unvermittelt. »Da haben wir wirklich Glück gehabt.«

Beklommen spürte sie, wie Schuldgefühle in ihr aufstiegen. Aber sie schluckte sie herunter und pflichtete ihm bei.

»Natürlich tun wir auch etwas dafür«, fuhr Denis fort. »Freundschaften muß man pflegen, das kostet Zeit und Mühe.«

Rose sah aus dem Fenster. Wenn man soviel Zeit und Mühe aufwandte, Woche für Woche einen Sonntag zustande zu bringen, wie sie ihn gerade erlebt hatten, dann hatte man auch das Recht, sich einmal einen freien Tag und eine schöne Nacht zu gönnen.

Die Schuldgefühle waren wie weggeblasen.

Ted rief einmal an und nannte ihr eine Werkstatt, wo sie ihr Auto durchchecken lassen konnte, nur ein paar Kilometer hinter Newlands Cross. Rose schrieb sich den Tip auf und bedankte sich. Kein Privatdetektiv oder Geheimagent hätte beim Abhören dieses Gesprächs Verdacht geschöpft. Rose fuhr in die Stadt, kaufte sich ein schwarzes Spitzennachthemd, eine Flasche intensiv duftendes Parfum sowie darauf abgestimmten Körperpuder und Hautlotion. Wenn sie mit Susies attraktivem Mann etwas Aufregendes erleben würde, sollte er sich noch lange daran erinnern.

»Ich möchte morgen in den Tierpark«, verkündete Celia beim Mittagessen.

»Das ist eine gute Idee«, meinte Denis, ohne aufzublicken. »Mami hat Ferien.«

Rose sah ihren Sohn an und hoffte, daß er das Stichwort aufgreifen würde. Er tat ihr den Gefallen. »Der Tierpark ist gräßlich«, erklärte Andrew.

»Ich finde den Tierpark auch gräßlich«, echote Celia.
»Dann ist ja alles klar. Maria Pilar macht mit euch einen schönen Spaziergang und kauft euch ein Eis.«
»Bei einem schönen Spaziergang werde ich müde«, protestierte Andrew.
»Dann könnt ihr ja mit dem *Buus* fahren. Maria Pilar fährt gern mit dem *Buus.*«
»Es heißt nicht *Buus,* es heißt *Buss*«, zischte Maria Pilar von der anderen Seite des Tisches her.
»Ach ja, das vergesse ich immer.« Rose stand rasch auf. »Jetzt habe ich viel zu tun, ich fahre morgen zu Grannie.«
»Ich will auch zu Grannie«, rief Celia.
»Ich finde Grannie gräßlich«, erklärte Andrew. Bevor Celia einfiel, daß sie Grannie ebenfalls gräßlich fand, sagte Rose, nein, sie würde nicht lange bleiben.
»Fliegst du?« erkundigte sich Andrew interessiert. Seine Abneigung gegen die Großmutter würde sich vielleicht legen, wenn die Aussicht auf eine Flugreise bestand – eine völlig neue Erfahrung.
»Was hast du gerade gesagt? Willst du etwa die alte Fledermaus besuchen?« fragte Denis.
»Hat Grannie eine Fledermaus?« Auch das weckte Andrews Interesse.
»Ich möchte die Fledermaus sehen«, sagte Celia.
Rose funkelte ihren Mann wütend an. Jetzt würde sie so tun müssen, als hätte Grannie eine Fledermaus. »Sie ist viel unterwegs«, erklärte Rose. »Vor allem nachts.«
»Hin und zurück an einem Tag ist zu anstrengend«, meinte Denis.

»Stimmt, ich bleibe über Nacht.« Rose war überrascht, wie leicht es ihr fiel, zu lügen und sich ein Alibi zu schaffen. Sie hatte immer geglaubt, daß Frauen, die nicht daran gewöhnt waren, zu dick auftrugen oder rot wurden und sich damit verrieten.
»Du bürdest dir wirklich allerhand auf. Mehr sage ich dazu nicht.« Denis stand ebenfalls vom Abendbrottisch auf und zog sich in sein Arbeitszimmer zurück. Dort würde er bis Mitternacht bleiben. Er mußte noch eine Menge Zahlenmaterial durcharbeiten – die Vertreterkonferenzen standen bevor, würde er erklären, falls sie protestierte. Oder der Jahresbericht oder die Jahreshauptversammlung oder der Besuch eines hohen Tiers. Irgendeinen Grund gab es immer.
Keinerlei Schuldgefühle störten Roses Schlaf. Keine Frau der Welt mußte sich mit einem derart langweiligen Dasein abfinden. Das war gegen die Abmachung. In den Vertragsbedingungen war doch auch hier und da etwas Aufregendes vorgesehen.
Ted wartete Punkt zehn Uhr an dem Treffpunkt, den er geschildert hatte. Er wirkte entspannt und unbeschwert. Roses kleine Reisetasche verschwand in seinem Kofferraum.
»Das macht wirklich Spaß«, sagte er.
»Nicht wahr?« fragte Rose.
Unterwegs flirteten sie zurückhaltend. Rose machte ihm Komplimente über seinen Fahrstil. Ted meinte, sie kuschle sich wie ein Kätzchen in den Sitz, das sei richtig verführerisch. Sie hörten Musik von Chris de Burgh. Ted mußte noch ein paar Anrufe erledigen, aber er hatte

zum Mittagessen einen Tisch in einem Restaurant reserviert, das Rose gefallen würde. Vielleicht wollte sie sich ja erst einmal in ihrem Hotelzimmer einrichten und sich dann mit ihm zum Essen treffen. Von Denis und Susie sprachen sie nicht. Sie erzählten einander nicht, welche entzückenden Bemerkungen Andrew und Celia oder Ted's und Susies Kinder von sich gegeben hatten. Denn vor ihnen lag ein aufregendes Abenteuer, ein kleiner Urlaub, weit weg vom Alltagstrott.

Rose begutachtete das Hotelzimmer und war zufrieden ... Sie hängte ihr schickes Kleid auf und versteckte ihre wohlriechende Kosmetika in ihrer Reisetasche. Sie wollte nicht, daß es so aussah, als käme alles aus der Flasche. Dann betrachtete sie sich im Spiegel. Sie sah genauso aus wie am Sonntag vor zwei Tagen, als Ted mit seinem aufregenden Angebot an sie herangetreten war. Genauso, nur ein bißchen sorgfältiger zurechtgemacht. Sie hatte ihre Beine mit Wachs enthaart. Ein untrügliches Anzeichen für einen Seitensprung, behaupteten die Leute, aber Denis wäre so etwas nicht aufgefallen. Vergnügt bummelte sie durch die Stadt zu dem Restaurant, wo ihr ein Schrei entgegenhallte, der ihr das Blut in den Adern gefrieren ließ. »Rose, Rose, hierher.« Es war ihre Mutter.

Am Tisch der Mutter saß Nora Ryan, die gräßlichste Person von Südirland oder vielleicht auch von ganz Irland. Die Frau hatte einen stechenden Blick, und wenn sie redete, schoß ihr die Zunge aus dem Mund wie einer Natter. Und dabei kam jedesmal eine giftige Bemerkung heraus. Sie saßen an einem Tisch für drei Personen und

rückten den dritten Stuhl für Rose zurecht. Rose spürte mit einem Mal ein heftiges Pochen in ihren Schläfen. Offensichtlich hatten die beiden sie erwartet.
»Woher hast du gewußt, daß ich … daß ich dich besuchen wollte?« stammelte sie.
»Ich habe angerufen. Und als ich anrief, sagte mir dieses nicht gerade aufgeweckte Mädchen, du seist in Cork.«
»Europäer«, bemerkte Nora Ryan.
»Wir sind alle Europäer«, rutschte es Rose heraus, bevor sie sich auf die Zunge beißen konnte.
»Treffend beobachtet, meine liebe Rose«, sagte Nora Ryan und ließ dabei ihre schmale Schlangenzunge dreimal herausschnellen.
»Und was hast du gesagt?« wandte sich Rose an ihre Mutter.
»Ich sagte, das sei großartig und daß Nora und ich uns hier zum Mittagessen treffen, aber die dumme Göre hat kein Wort von dem verstanden, was ich ihr erklärt habe.«
»Spanier!« meinte Nora und verdrehte die Augen, so daß sie wahrscheinlich die Krempe ihres scheußlichen Huts sehen konnte.
»Und was hast du dann gemacht?« erkundigte sich Rose. Blinde Panik stieg in ihr auf. Ein Gefühl, das sie nicht kannte.
Das Undenkbare war passiert. Ihre Mutter mußte Denis gesagt haben, daß sie von Roses Besuch nichts wußte. Würde es Rose gelingen, ihrer Mutter überzeugend darzulegen, daß dieser Besuch eine Überraschung sein sollte?

»Ich hatte ein sehr merkwürdiges Gespräch mit meinem Enkel, der zu glauben scheint, daß Fledermäuse bei mir hausen und daß du mich besuchen willst, um damit aufzuräumen.« Rose verbarg ihr Gesicht in den Händen. »Also rief ich natürlich Denis im Büro an, um herauszufinden, was los ist.«
»Und was hat er gesagt?«
»Fragen über Fragen, wirklich, Rose, Sie sind wie ein Interviewer im Fernsehen«, mischte sich Nora Ryan ein.
Rose warf ihr einen haßerfüllten Blick zu. »Mutter, was hat Denis gesagt?«
»Er sagte, daß es ihm gut geht und daß er sich auf die Vertreterkonferenz vorbereitet.«
»Bevor ich dir an die Gurgel springe und dich mit Gewalt zum Reden bringe, Mutter, was hat er über meine Fahrt nach Cork gesagt? Was hat er gesagt?«
»Wirklich, Rose«, fing Nora Ryan an.
»Halten Sie den Mund, Mrs. Ryan«, schrie Rose.
Beide starrten sie an. Rose versuchte den Schaden zu begrenzen. Sie sprach ganz langsam, als unterhielte sie sich mit einem Vollidioten. »Darf-ich-dich-fragen-Mutter-was-Denis-gesagt-hat?«
Roses Mutter griff sich an die Kehle, an die Rose ihr hatte springen wollen. Anscheinend traute sie sich kaum, den Mund aufzumachen. »Ich verstehe nicht, warum du so mit mir redest, Rose, wirklich nicht. Ich habe Denis gesagt, wenn du noch einmal anrufst, bevor du aus dem Haus gehst, soll er dir mitteilen, daß wir uns hier zum Mittagessen treffen. Damit du dir … damit du dir die Fahrt hinaus zum Haus sparen kannst … genau das habe

ich getan. Ich habe dich zum Essen in dieses hübsche, gediegene Restaurant eingeladen …« Roses Mutter hatte ein Taschentuch hervorgeholt und betupfte sich die Augenwinkel. »Ganz gewiß habe ich nicht damit gerechnet, daß ich deshalb gescholten und ins Kreuzverhör genommen werde.« Sie war tief verletzt und scheute sich nicht, es zu zeigen.

Mrs. Ryan geriet nun in die völlig ungewohnte Rolle der Trösterin. »Aber, aber, aber«, sagte sie, tätschelte unbeholfen die zitternde Schulter ihrer Tischnachbarin und sah Rose wütend an.

»Hat er gewußt, daß ich bei dir übernachten will?« fragte Rose mit gefährlich ruhiger Stimme. Zwischen den Worten machte sie lange Pausen.

»Natürlich wußte er das«, schniefte ihre Mutter.

»Und woher wußte er es?«

»Ich habe es ihm gesagt.«

»Und woher hast du es gewußt?«

Ihre Mutter und Nora Ryan tauschten einen beunruhigten Blick. Hatte Rose den Verstand verloren?

»Weil Maria Pilar es mir gesagt hatte, und meine Enkel hatten es mir gesagt …«

Rose atmete auf. »Ja, wunderbar, dann ist ja alles aufgeklärt«, meinte sie.

In diesem Augenblick betrat Ted das Restaurant. In der Hand hielt er eine in Zellophan verpackte rote Rose. Wieder erbleichte Rose.

Er sah sie und kam herbei. »So eine Überraschung! Eine Riesenüberraschung«, rief er wie ein schlechter Schauspieler in einer Laienaufführung.

Wieder wechselten die beiden älteren Frauen einen vielsagenden Blick. Ihre Besorgnis wuchs.

»Großer Gott ... das ist ja Ted«, rief Rose. »Daß wir ausgerechnet dich hier treffen!« Sie sah sich um, als erwarte sie, daß noch ein paar andere Personen völlig unverhofft auftauchen würden – beispielsweise Napoleon.

»Ich muß dir etwas ganz Außerordentliches erzählen«, verkündete Ted, der nicht bemerkte, daß sämtliche Gäste inzwischen hersahen und gar nicht umhin konnten, das Gespräch mitzuhören.

»Das ist meine Mutter«, schrie Rose. »Meine Mutter, die ich in Cork besuchen wollte.«

»Sehr erfreut«, begann Roses Mutter, aber sie hätte genausogut mit der Wand reden können.

»Etwas ganz Außerordentliches«, wiederholte Ted. »Ich war gerade noch einmal im Hotel ... bevor ich mich allein auf den Weg hierher machte, und wen, glaubst du, habe ich getroffen? Susies Bruder und seine Frau. Susie ist meine Frau«, erklärte er den etwa sechzig Restaurantgästen, die inzwischen das Publikum bildeten. »Sie sind in Cork und übernachten im selben Hotel.« Er hielt inne, um die Wirkung seiner Worte abzuwarten. »Im selben Hotel!« Offenbar war er mit der Reaktion seiner Zuhörer nicht zufrieden, denn er fügte erläuternd hinzu: »In *ebendemselben* Hotel. So sagt man doch«, erklärte er triumphierend.

Rose plapperte los: »Das ist aber schön für dich, Ted, dann seid ihr ja alle zusammen. Ich würde auch manchmal gern in einem Hotel übernachten, aber ich schlafe natürlich bei *meiner Mutter.*«

Mrs. Ryan blickte sie mit zusammengekniffenen Augen an. »Ich bin sicher, Ihre Mutter hätte gar nichts dagegen, wenn Sie in einem Hotel übernachten«, flötete sie.
»Nein, nein, nein, das kann ich nicht. Und überhaupt hat Mutter so viele Fledermäuse im Haus«, verhaspelte Rose sich, »deshalb übernachte ich bei ihr.«
Es war unklar, ob Ted überhaupt hörte, was sie sagte.
»Das Komische war, daß die beiden, als sie mich zu sehen glaubten, an der Rezeption nach mir fragten. Und diese verdammten Wichtigtuer behaupteten, Mr. *und* Mrs. Ted O'Connor seien hier abgestiegen.«
»Was hast du da gemacht?« fragte Rose.
»Ich erklärte ihnen, daß bei Susie im letzten Augenblick etwas dazwischengekommen ist, und als man mir anbot, in ein Einzelzimmer umzuziehen, weil es billiger sei, sagte ich ja, aber ich müßte noch rasch hinauf und meine Sachen packen. Das habe ich dann auch getan, und jetzt liegen sie im Kofferraum, verstehst du.«
Rose sah ihn an. Er war puterrot im Gesicht und sah aus wie ein Verrückter, der auf andere Irre einredet.
»Falls du mir folgen kannst«, dröhnte er.
Rose hatte das Gefühl, mit einem Mal erwachsen zu werden. Jetzt wußte sie, daß sie für lange Zeit genug Aufregung erlebt hatte. Unter dem Vorwand, sie wolle Ted helfen, sein Auto einzuparken, ging sie mit ihm hinaus und holte ihre Reisetasche. Der Schreck hatte beiden die Sprache verschlagen.
Rose kehrte ins Restaurant zurück, wo die anderen Gäste interessiert aufblickten und auf eine zweite Runde hofften.

Ted hatte Mrs. Ryan die rote Rose überreicht. »Ich habe sie für Sie gekauft«, sagte er ohne weitere Erklärung. Nora Ryan war keineswegs überrascht. In ihrer Jugend sei das häufig vorgekommen, meinte sie.

Rose unterhielt sich höflich mit ihrer Mutter, besprach die Übernachtung in dem Haus, wo es, wie sie ganz vergessen hatte, keine einzige Fledermaus gab. Dabei überlegte sie im stillen, welchen Zug sie zurück nach Dublin nehmen würde und wie sie an ihr Auto herankam, das jenseits von Newlands Cross auf sie wartete. Um abschließend einen, wie sie hoffte, ruhigen Lebensabschnitt ohne größere Aufregungen zu beginnen.

URLAUBSWETTER

Robert hatte vorgeschlagen, sie sollten sich nach dem Essen einen gemütlichen Abend machen, die Karte von Südfrankreich zur Hand nehmen und ihren Urlaub planen. Frankie freute sich schon darauf. Besonders schön am Urlaub waren die Stunden, wenn sie und Robert bei einem Glas Wein auf der Couch saßen, er den Arm um ihre Schulter legte und sie einander die verheißungsvoll klingenden Namen vorlasen, während im Kamin ein Feuer knisterte. So war es im letzten Jahr gewesen, als er die Konferenz in Spanien besucht hatte und sie sich für ihren anschließenden Urlaub idyllische spanische Städtchen ausgesucht hatten. Und im vorletzten Jahr, vor der Konferenz in Italien, hatten sie einander mit dem Finger auf der Landkarte von den italienischen Seen vorgeschwärmt.

Natürlich wußte Frankie, daß der Abend gründlich vorbereitet sein wollte. Sie würde in der Mittagspause in die Geschäfte laufen und etwas besorgen müssen, was Robert gern aß. Da war gar nicht mehr so einfach, seit er angefangen hatte, auf seine Linie zu achten. Die Abende mit Filetsteak, Pilzen und Knoblauchbroten gehörten der Vergangenheit an. Vielleicht sollte sie einen Engelbarsch – ziemlich teuer, aber auch etwas ganz Beson-

deres – und ein wenig buntes Gemüse kaufen. Das konnte sie schon während der Arbeit vorschneiden, denn wenn sie nach Hause kam, blieb ihr nicht mehr viel Zeit. Dann mußte sie natürlich auch noch schnell Ordnung schaffen und die Studiensachen wegräumen, die überall herumlagen. Robert war nun seit über einer Woche nicht mehr bei ihr gewesen, deshalb hatte sie jeden Abend für ihr Fernstudium gelernt.
Frankie freute sich auf den bevorstehenden Abend. Sie würde das grüne Kleid anziehen, von dem Robert einmal gesagt hatte, es passe so gut zu ihren Augen. Lange war es her. Aber natürlich liebte er sie immer noch, auch wenn er nicht mehr ständig von ihrer Augenfarbe redete. Das wäre ja unnatürlich, auf die Dauer vielleicht sogar ein bißchen langweilig.
Für jemanden wie Dale zu arbeiten hatte nur den einen Vorteil, daß man dafür wenig Zeit und nicht viel Hirn brauchte. Diesem schrecklichen Dale kam es lediglich darauf an, daß jemand in seinem Vorzimmer saß, freundlich lächelte und die Kunden bat, sich noch einen Augenblick zu gedulden. Wenn sie dann die Mappe mit den ziemlich unmöglichen Zeitungsausschnitten durchgeblättert hatten, die Dales Erfolge in der Werbebranche illustrierten, wurden sie schließlich hineingebeten. Frankie war viel zu intelligent für so eine Arbeit, und dieses Bewußtsein erfüllte sie mit Genugtuung. Doch die Tätigkeit bei Dale und seiner Agentur bot ihr einen Vorwand, um Robert fast jeden Tag zu sehen. Frankie hätte auch in einer Kohlenzeche oder im Hochbau gearbeitet, wenn sie dadurch in Roberts Nähe sein konnte.

Robert mußte sich immer etwas einfallen lassen, wenn er Frankie treffen wollte. Er war mit der Tochter seines Chefs verheiratet – eine Vernunftehe, in die er eingewilligt hatte, als er noch nicht wußte, was wahre Liebe war. Er und seine Frau hatten zwei Kinder, sieben und acht Jahre alt. In diesem Alter durfte man sie nicht mit Dingen belasten, die sie noch gar nicht begreifen konnten; schließlich war es nicht ihre Schuld, daß Robert die wahre Liebe zu spät entdeckt hatte. Robert war der kommende Mann des Unternehmens, und nun, da er seine Frau verlassen und einen neuen Hausstand gründen wollte, mußte er mehr arbeiten als je zuvor. Er mußte sich absolut unabkömmlich machen, damit sein Chef – und Schwiegervater – gar nicht erst auf den Gedanken kam, ihn vor die Tür zu setzen, wenn er die Scheidung einreichte. Frankie fragte nicht, wann es soweit sein würde, aber realistisch war es wohl erst dann, wenn die Kinder auf ein Internat gingen. In drei Jahren vielleicht?

Sie würde natürlich warten.

Und bis dahin gab es immerhin so wunderbare Dinge wie die Sommerflitterwochen. So hatten sie es immer genannt: unsere italienischen, unsere spanischen und nun unsere Riviera-Flitterwochen.

Frankie schrieb eine Einkaufsliste und holte die Karte von Frankreich hervor. Immer wenn Dale vorbeikam, tat sie so, als mache sie Notizen oder als schlage sie gerade etwas nach. Dale würde ganz bestimmt nicht fragen, woran sie arbeitete.

Mit ihrer langen, dunklen Lockenmähne und ihren hellgrünen Augen machte sie sich gut in ihrer Stellung. Vor allem aber war sie mit Robert, dem Senkrechtstarter der Firma Benson's, befreundet. Dale hätte jede x-Beliebige als Vorzimmerdame eingestellt, wenn er sich davon gute Beziehungen zu Benson's versprach. Daß Frankie gleichermaßen intelligent wie hübsch war, betrachtete er als zusätzlichen Vorteil.

Was Frankie störte, war nur, daß sie ihre Arbeitszeit an ihrem hufeisenförmigen Schreibtisch absitzen mußte. Wenn sie sich doch für den Nachmittag hätte freimachen können! Dann hätte sie zum Friseur gehen und sich den Luxus einer Maniküre leisten können. Heute abend würden ihre Hände ganz besonders im Mittelpunkt stehen, wenn sie mit dem Finger die Strecke entlang der Côte d'Azur nachzeichnete, von Cannes über St. Raphael nach Saint-Tropez. Oder sollten sie in die andere Richtung fahren, von Cannes über Antibes und Nizza nach Monte Carlo? Ihr wurde schon schwindlig, wenn sie nur die Namen aussprach. Vielleicht sollte sie sich in der Mittagspause auch einen kleinen Reiseführer besorgen, damit sie abends mit ihrem Wissen glänzen konnte.

Es wurde ziemlich hektisch, wie sie vorausgesehen hatte. Aber mit dem Essen hatte alles geklappt. Robert war entspannt, er hatte den Krawattenknoten gelockert und die Schuhe ausgezogen. Frankie hatte noch Zeit gehabt, sich die Haare zu waschen, und mittags hatte sie sich grüne Ohrringe gekauft.

»Wie hübsch«, bemerkte er. »Genau die Farbe deiner Augen.«

Da hatte sie das Gefühl, daß die Hektik und die Mühe sich gelohnt hatten. Ja, sie war sogar froh, daß sie soviel

Geld für diese Geschirrspülmaschine ausgegeben hatte. Eigentlich konnte sie sich so ein exklusives Modell gar nicht leisten, aber Robert zeigte sich begeistert davon. Seine Frau machte auf »Öko«, wie er es ausdrückte, und hielt nichts von modernen Geräten, was bei ihnen aber auch kein Problem war, weil sie ja eine Haushaltshilfe und ein Au-pair-Mädchen hatten. In Frankies Wohnung dagegen sah er gern die Errungenschaften moderner Technik, die einem eine Menge Arbeit abnahmen, wie er sagte. Sorgsam stellten sie Geschirr, Gläser und Besteck in die Spülmaschine, und während ihr leises Brummen aus der Küche herüberdrang, entfaltete Frankie die Landkarte.

»Schatz«, meinte er, »ich fürchte, das ist die falsche Karte.«

»Auf dem Umschlag steht zwar ›Provence‹, aber es ist auch Cannes und Nizza und die ganze Küste drauf«, erwiderte Frankie verwundert. Normalerweise wußte Robert, wo all die Orte lagen; deshalb hatte sie sich nachmittags ja schon vorab mit der Region vertraut gemacht.

»Wir fahren aber nicht dorthin, mein Schatz«, sagte er.

Das Herz schlug ihr plötzlich bis zum Hals.

»Das verstehe ich nicht.«

»Ich auch nicht, es ist aber so. Weißt du, ich bin selbst alles andere als erfreut darüber … schau mich bitte nicht so an, ja?«

»Warum kann ich nicht mitkommen? Früher haben wir es doch auch immer irgendwie deichseln können. Ich sage Dale, daß ich meinen Urlaub nehme, du sagst Mr.

Benson, daß du jemanden von Dales Firma als Assistentin für die Konferenz brauchst. Warum kann ich diesmal nicht mit? Warum?« Frankie wußte, daß sie sich wie eine Siebenjährige anhörte, aber ihre Enttäuschung war so groß, daß sie sie nicht verbergen konnte.
Sie hatte sich eigens neue Kleider gekauft, diese schrecklich teuren Schuhe, das umwerfende Badekostüm. Es war doch alles schon beschlossene Sache gewesen – wieso machte er jetzt einen Rückzieher? Hatte er womöglich eine andere gefunden? Wenn er seine Frau einmal betrogen hatte, konnte er es auch wieder tun. Aber fang nicht damit an. Und vor allem: nicht heulen! Sie riß sich zusammen.
Robert wirkte müde und niedergeschlagen.
»Darum geht es nicht, mein Schatz. Die Konferenz fällt für mich und damit auch für dich ins Wasser.«
»Aber sonst fährst du doch auch immer hin. Du bist *der* Repräsentant von Benson's.« Frankie war erschüttert. Trotzdem witterte sie Morgenluft. Was, wenn man ihm auf die Schliche gekommen war, ihn vielleicht sogar versetzt hatte? Womöglich bedeutete das ja, daß der Tag, an dem ihr gemeinsames Leben begann, näher war, als sie gedacht hatten?
»Als *der* Repräsentant von Benson's werde ich dieses Jahr aber woanders hingeschickt, weil ich den Pfusch anderer Leute ausbügeln soll«, entgegnete er. »Ein ganzes Projekt geht den Bach runter, und offenbar bin ich der einzige, der die Leute dazu bringen kann, nicht alles hinzuschmeißen. Meine Güte, was hat Benson nur für einen Haufen Idioten eingestellt! Ich würde drei Viertel von ih-

nen an die Luft setzen. Und ich sage dir, eines Tages tue ich es auch.«

Das war die alte Leier, die Frankie nun wirklich nicht hören wollte: Roberts Pläne, wenn er einmal selbst das Unternehmen leitete. Das hatten sie zur Genüge durchgekaut. Sie wollte wissen, was *jetzt* anstand.

Es ging um Irland, um eine neue Produktionsanlage, die eine Menge Ärger machte. Niemand war dort gewesen, um die Sache ins Lot zu bringen, um den Leuten vor Ort zu erläutern, um was es ging, was man von ihnen erwartete und was sie von Benson's zu erwarten hatten.

»Sie sind zwangsläufig mißtrauisch, sie glauben, wir engagieren uns nur, um das schnelle Geld zu machen.«

Frankie schwieg; anders als sonst murmelte sie diesmal keine aufmunternden Worte. Denn ihr war völlig klar, daß es Benson's tatsächlich nur um das schnelle Geld ging. So war das eben im Geschäftsleben.

»Das ist der Stand der Dinge. Genau in der Woche, in der die Konferenz in Cannes stattfindet, muß ich da drüben in den finstersten Winkel und den meuternden Truppen satte Gewinne in Aussicht stellen.«

»Kannst du nicht jetzt schon fahren? Vor der Konferenz?«

»Meinst du, das hätte ich dem alten Benson nicht auch vorgeschlagen? Aber er war unerbittlich. Es muß genau in dieser verdammten Woche über die Bühne gehen, weil dort gleichzeitig irgendeine EU-Geschichte läuft. Die sind aus unerfindlichen Gründen ja viel mehr an Europa interessiert als wir. Herrgott, ich könnte sie dafür erwürgen, daß sie die Sache nicht von Anfang an richtig angepackt haben! Dann wären diese Probleme gar nicht erst entstanden. Wenn wir jetzt nicht hingehen und Flagge zeigen oder wie das heißt ... dann fällt das ganze Projekt in sich zusammen wie ein Kartenhaus.« Er sah so gut aus, wenn er sich aufregte. Kein Wunder, dachte Frankie, daß die Leute von ihm beeindruckt waren.

»Werden wir beide in diesem Jahr überhaupt Flitterwochen machen?« fragte sie kleinlaut und sah zu Boden, damit er den Schmerz in ihren Augen nicht sah.

»Du könntest nach Irland mitkommen«, meinte er zögernd. »Ich werde mich ja nicht rund um die Uhr mit den Leuten dort herumschlagen müssen. Ein bißchen Zeit hätten wir schon füreinander.«

»Und was wollen wir dann unternehmen?« Sie hatte keine Karte von Irland und kannte dort auch keine Orte mit so verheißungsvollen Namen wie Juan les Pins oder Saint-Tropez.

»Ich weiß es nicht, Schatz. Gib mir etwas Zeit. Ich habe es ja selbst erst heute nachmittag erfahren. Wir werden schon etwas finden. Du könntest dich ausruhen, ein bißchen ausspannen, und sobald ich mich loseisen kann, komme ich zu dir.«

Eine couragiertere Frau hätte ihm gesagt, er solle das Ganze vergessen. Eine selbstbewußtere Frau hätte ihm unmißverständlich zu verstehen gegeben, wohin er sich sein halbherziges Angebot stecken könne.

Aber Frankie war weder couragiert noch selbstbewußt. Und so fand sie sich bald darauf in einem kleinen Hotel an der irischen Westküste wieder. Das Hotel namens Greener Grass thronte auf einer niedrigen Klippe über einem langen, menschenleeren Strand. Wenn man von hier aus Richtung Westen segelte, so sagte man ihr, war die nächste Station Amerika. Das konnte sich Frankie gut vorstellen – das Meer schien grenzenlos zu sein. Und an den ersten Tagen sah es nur grau und trostlos aus. Die Möwen schrien, auch andere Seevögel ließen sich auf den Felsen nieder. Frankie sah einen Schwarm Tümmler, lernte die Gewohnheiten des Kormorans, der Dreizehenmöwe, der Seeschwalbe und des Tölpels kennen.

»Ich könnte noch ein Fernstudium zu den Verhaltensweisen von Seevögeln machen«, meinte sie trübselig, als der Hotelbesitzer ihr Hummer an den Tisch brachte, der nun schon zum drittenmal nur für eine Person gedeckt war.

»Wissen Sie, das ist nicht der schlechteste Zeitvertreib.« Seine Stimme klang angenehm, aber reserviert. Er hieß Shane und war ein aus Amerika zurückgekehrter Ire. Sieben Jahre hatte er gespart, um sich sein eigenes kleines Hotel leisten zu können, und er hatte es Greener Grass genannt, weil das Gras hier aus der Ferne noch grüner erschien.

Im Unterschied zu den anderen Einheimischen, die alles über Frankie und Robert wissen wollten – was sie hierher verschlagen habe, ob sie Kinder hatten, wo sie ihre früheren Urlaube verbracht hatten, ob ihnen die irische Lebensart gefalle –, stellte Shane niemals solche Fragen. Er wirkte wie ein Mensch, der mit sich und seinem Leben zufrieden war. Frankie sah, wie er auf den Feldern, die er selbst angelegt hatte, das Gemüse für die Hotelküche auswählte. Gelegentlich beobachtete sie ihn

auch, wenn er in sorgfältiger Schönschrift die Speisekarten schrieb.
Robert brach stets frühmorgens auf und kam selten vor Einbruch der Dunkelheit ins Greener Grass zurück.
»Mit Flitterwochen ist nicht viel, stimmt's, mein Schatz?« sagte er mehr als einmal. Frankie schaute in sein blasses, müdes Gesicht.
»Da kommt es doch vor allem auf die Nächte an, nicht wahr?« antwortete sie lachend.
Aber wenn der erschöpfte Robert zu Bett ging, schlief er sofort tief und fest. In so mancher Nacht saß Frankie auf der gemütlichen Bank vor dem Erkerfenster und blickte in den nächtlichen Himmel über dem Meer. Dann sah sie manchmal Shane mit seinem Hund Tracey spazierengehen.
Also konnte er auch nicht schlafen, überlegte Frankie, obwohl er sieben Jahre gespart hatte, um seinen Traum zu verwirklichen, und es jetzt geschafft hatte.
Im Mondlicht sah sie, wie er sich von Zeit zu Zeit bückte und Muscheln aufhob. Er wirkte so zufrieden, dachte sie, irgendwie sorglos. Obwohl er eigentlich nicht hierhergehörte und anders als die Einheimischen war – zu lange war er fort gewesen, und er hatte sogar einen leichten New Yorker Akzent.
Am nächsten Morgen beim Frühstück sprach sie ihn auf die Muscheln an.
»Sie haben am Fenster gesessen und aufs Meer hinausgeschaut«, stellte Shane fest. Robert wirkte ärgerlich. »Du hast mir gar nicht gesagt, daß du nicht schlafen kannst.«
Frankie fühlte sich, als wäre sie ihm untreu geworden.

Später kam Shane zu ihr und schenkte ihr ein paar Kaurimuscheln. »Damit Sie nicht ein Fernstudium über Muscheln machen, ohne ein paar Vorkenntnisse zu haben«, meinte er lächelnd.
Robert wiegte sich weiter in dem Glauben, für Frankie wäre der Aufenthalt recht erholsam. Daß sie einen winzigen Bruchteil seines Lebens mit ihm teilen durfte, erschien ihm als ausreichende Entschädigung für das gebrochene Versprechen, für die ohne ihn stattfindende Konferenz ... für den geplatzten Urlaub an der französischen Riviera.
»Das tut dir bestimmt unheimlich gut«, verkündete er jeden Morgen, wenn sie braunes Sodabrot und frischgefangenen Meeresfisch aßen.
An den ersten Tagen hatte sie noch tapfer gelächelt, mit einem Buch in der Hand Spaziergänge entlang der hügeligen Küste oder hinunter zum Felsentümpel gemacht und sich einzureden versucht, daß ihr Aufenthalt nicht so trist und grau war wie der Himmel über ihr.
Doch dann kam eines Morgens die Sonne heraus, und alles war wie verwandelt. Selbst Robert hatte es anscheinend nicht eilig aufzubrechen.
»Es ist wirklich traumhaft hier«, sagte er, als er neben seinem Mietwagen stand, um zu seinen meuternden Truppen zu fahren, die sich nicht so leicht besänftigen ließen, wie er erwartet hatte.
Frankie blickte auf den Strand hinunter, den sie an den trüben Tagen so oft entlanggewandert war. Heute funkelte er, als wäre der feine Sand hinter den Felsen mit kostbaren Teilchen eines edlen Metalls durchsetzt. Sie

glaubte Kaurimuscheln zu entdecken, wie Shane sie gesammelt hatte. Das Meer erstrahlte in zwanzig verschiedenen Grün- und Blautönen, mit weißen Schaumkrönchen darauf.

»Ich könnte schwimmen gehen«, meinte sie.

»Hm, ja, aber paß auf. Das ist der Atlantik, vergiß das nicht.«

»Nächste Station Amerika«, lachte Frankie.

Verständnislos sah Robert sie an.

»Ich hoffe, es wird nicht zu spät«, sagte er dann in zweifelndem Ton. »Diese Leute wollen offenbar nicht nur den lieben langen Tag, sondern auch noch die halbe Nacht Erklärungen hören und Diskussionen führen.«

Als er losfuhr, sah Frankie ihm nach. Ihr Blick schweifte zu den purpurfarbenen Bergen und über die kleinen grünen, von Steinmauern gesäumten Wiesen zu einem dunklen, samtenen Wald. Und mit einem Mal kam es ihr vor, als habe sich die Welt von tristem Schwarzweiß in buntes Technicolor verwandelt.

Leichtfüßig rannte sie die Treppe hinauf, um ihren roten Badeanzug zu holen, den sie damals für die Côte d'Azur zu einem stolzen Preis erstanden hatte. Als sie mit ihrer teuren Strandtasche und dem flauschigen rotweißen Badetuch herunterkam, stand Shanes Hund Tracey am Treppenabsatz und blickte hoffnungsvoll zu ihr auf.

»Ich wäre Ihnen sehr dankbar, wenn Sie ihn mitnehmen könnten«, sagte Shane. »Er braucht Auslauf. Aber bei so einem Wetter wie heute ist das Restaurant mittags gerammelt voll, deshalb kann ich nicht mit ihm raus.«

»Ich habe keine große Erfahrung mit Hunden«, wandte Frankie ein.
»Nun, Tracey ist halb Schäferhund, halb Setter, glaube ich. Er hat ein gutmütiges Naturell. Und er fängt an zu bellen, wenn Sie zu ertrinken drohen oder jemand Sie belästigt.«
»Wer sollte mich hier schon belästigen?« meinte Frankie lachend und blickte zum menschenleeren Strand.
»Ich habe Sie in diesem Badeanzug noch nicht gesehen, aber ich könnte mir vorstellen, daß er unter den Einheimischen einiges Aufsehen erregt.« Auch er lachte; durch das schöne Wetter schien er wenig aufzutauen.
»Und wenn er wegläuft oder mit einem anderen Hund zu raufen anfängt?« Für Frankie war es etwas gänzlich Ungewohntes, einen großen, ungestümen Hund auszuführen.
»Das tut er garantiert nicht. Später komme ich dann nach und nehmen Ihnen Tracey wieder ab, und zur Belohnung bringe ich Ihnen einen kleinen, verspäteten Lunch mit.«
»Das ist doch nicht nötig.«
»Doch, doch. Das ist der Mindestlohn fürs Hundeausführen. In der nächsten Bucht gibt es einen hübschen flachen Felsen, der eignet sich gut als Tisch.«
Sie hatte noch nie einen solchen Tag am Strand verbracht. Tracey lief mit schier unerschöpflicher Energie nach den Stöcken, die sie ihm immer wieder warf. Und dabei hatte sie sogar das Gefühl, als liege ein Lächeln auf seinem dümmlichen Hundegesicht.
Tracey bellte die Wellen an, schwamm aber eifrig neben

ihr her, als wollte er auf sie aufpassen. Nach dem Bad sammelte sie Muscheln und legte sie auf den flachen Felsentisch.

Schon bald, viel früher, als sie erwartet hatte, tauchte Shane mit einem Picknickkorb auf.

»Sie haben Ihre Mittagsgäste im Stich gelassen! Wollen Sie so Ihren Lebensunterhalt verdienen?« sagte sie streng.

»Offenbar haben Sie keine Uhr dabei. Es ist bereits nach drei – die Gäste sind längst gegangen. Inzwischen müssen Sie doch schon am Verhungern sein.«

Wie erstaunlich! Sie hatte mit diesem dummen Hund tatsächlich stundenlang auf einem von Muscheln übersäten Strand gespielt, keine Wolke war am Himmel heraufgezogen, kein Gedanke an Robert und ihre Situation hatte ihre Stimmung getrübt.

Fröhlich verzehrten sie das Picknick, die Garnelen von den hiesigen Fischern, das selbstgebackene Brot, den Käse, der in einem Nonnenkloster jenseits des Tals hergestellt wurde, und rote, glänzende Äpfel aus dem kleinen Obstgarten hinter dem Greener Grass.

»Es ist himmlisch«, seufzte Frankie, als sie den letzten Schluck aus der mitgebrachten Flasche Wein tranken.

»Zum Glück haben wir hier nicht immer solches Wetter«, meinte Shane.

»Warum sagen Sie das? Weil Sie sonst zuviel Arbeit hätten?« Frankie hätte sich an seiner Stelle gewünscht, es wäre jeden Tag so sonnig.

»Weil dann alles ausgedörrt und vertrocknet wäre, es wäre keine grüne Insel mehr, und wir hätten uns so an die Sonne gewöhnt, daß wir dem Himmel nicht mehr dafür danken würden, wie wir es heute tun«, antwortete er.

»Ja, da haben Sie sicherlich recht, aber was wäre mit Ihrem Gasthaus? Wenn das Wetter schöner wäre, hätten Sie viel mehr Gäste da. Der Strand wäre voller Leute.«

»Aber könnten Sie und ich und Tracey hier dann noch so ein Picknick machen?« gab er zu bedenken.

»Ursprünglich wollten wir nach Südfrankreich fahren«, sagte sie unvermittelt.

»Ja, das hat mir Ihr Mann erzählt, als er wegen der Reservierung angerufen hat.« Auf Shanes Gesicht lag wieder ein kühler, distanzierter Ausdruck. »Anscheinend war er ziemlich konsterniert, und er hat mir mehrmals zu verstehen gegeben, daß das hier nicht seine erste Wahl war.«

Frankie wollte ihm schon erklären, daß Robert nicht ihr Ehemann war, ließ es dann aber doch sein. Statt dessen entschuldigte sie sich für ihn.

»Normalerweise ist er sehr charmant und darauf bedacht, daß er niemals einen solchen Eindruck erweckt. Aber es gibt geschäftliche Probleme, um die er sich hier kümmern muß. Eigentlich dachten wir, wir könnten im Anschluß an eine Konferenz in Cannes dort Urlaub machen.«

»Aber warum hat er Sie hierher mitgenommen, wenn er Sie immerzu allein läßt?«

»Ich bin ganz froh darüber«, erwiderte Frankie mit Nachdruck. »Aber sagen Sie, ist es nur ein Ammenmärchen, daß man nach dem Essen nicht schwimmen gehen soll, oder meinen Sie, wir könnten es wagen?«

»Nun, solange wir nicht allzu weit hinausschwimmen«, nickte er, und schon rannten sie den Strand hinunter, wo sich die Wellen brachen und den Sand unter ihren Füßen wegspülten.
»Sind Sie jemals in Südfrankreich gewesen?« fragte er.
»Nein«, antwortete sie kleinlaut.
»Ich auch nicht, aber tun wir doch einfach so, als wäre es hier tausendmal schöner«, rief Shane und stürzte sich in die Fluten.

»Du hast Sonne abbekommen«, stellte Robert fest, nachdem er früher als sonst zurückgekehrt war. Als er angerufen hatte, um einen Tisch zum Abendessen zu reservieren, teilte Shane ihm mit, daß seine Frau spät zu Mittag gegessen hatte. Was er mit Verwunderung und einem gewissen Unmut aufnahm.
»Hast du ihm erzählt, wir seien verheiratet?« fragte Robert, als sie am Fenstertisch saßen und den Sonnenuntergang genossen, der ein Gewirr aus roten und goldenen Mustern auf die Bucht malte.
»Nein, Schatz, das habe ich nicht. Allerdings geht man hierzulande davon aus, wenn wir ein Doppelzimmer nehmen und du uns als ›Mr. und Mrs.‹ anmeldest.«
Robert warf ihr einen durchdringenden Blick zu, wollte deswegen jedoch keinen Streit vom Zaun brechen.
»Wie geht es bei dir voran? Kommst du mit den Problemen im Werk zu Rande?«
»Ja, ich glaube, ich habe sie davon überzeugt, daß wir nur das Beste für sie wollen.«

»Wollt ihr das, ja?« fragte Frankie unschuldig.
»Was willst du damit sagen?«
»Nun, ich denke, viele von diesen Leuten haben eine gut bezahlte Stelle in den Staaten aufgegeben, weil sie ernsthaft glauben, daß ihr eine solide Produktionsanlage bauen wollt und nicht gleich den Laden dichtmacht, wenn es mal ein bißchen haarig wird.«
»Ach, hör auf, Frankie, glaubst du denn, Benson's ist so was wie Mutter Teresa? Wir müssen natürlich praktisch denken. Wenn es haarig wird, wie du dich ausdrückst, können wir nicht ewig weitermachen und den barmherzigen Samariter spielen, der heimgekehrten Emigranten Geld nachschmeißt.«
»Das ist ja schön und gut, solange sie das wissen.«
»Das ist schön und gut, ob sie es wissen oder nicht«, konterte Robert.
»Du erinnerst mich immer mehr an Dale«, sagte Frankie. »Dieselbe zynische Einstellung – egal, worum es geht.«
»Und du erinnerst mich allmählich immer mehr an meine Frau. Genauso streitsüchtig und nörgelig, in jeder Hinsicht.«
Irgendwo hatte Frankie einmal gelesen, daß man weiß, wenn es vorbei ist. Man merkt es, aber man will es sich nicht gleich eingestehen. Man versucht sich einzureden, daß der eine zu viele anstrengende Sitzungen hinter sich hat und die andere unerwartet viel Sonne abbekommen hat.
Wahrscheinlich wußte es auch Robert, denn als er am Telefon verlangt wurde, marschierte er schnurstracks

zum Apparat. Und als er zurückkam, erklärte er, ein paar von den Leuten hätten ihn zu einer weiteren Unterredung gebeten.

In gegenseitigem Einvernehmen, ja beinahe erleichtert, verabschiedeten sie sich voneinander.

Frankie spazierte im letzten Licht der untergehenden Sonne über den Strand. Sie hörte, daß Tracey ihr nachlief; dann erst bemerkte sie, daß auch Shane am Strand war.

»Ich hatte eine Freundin in New York, eine wunderbare Freundin, die mitkommen und das Greener Grass mit mir führen wollte. Als Geschäftspartnerin. Dann sagte sie, sie komme später nach. Danach meinte sie, sie müsse sich das Ganze noch mal überlegen. Und am Ende sagte sie, sie würde mir schreiben.«

Schweigend gingen sie nebeneinander her, sie verstanden sich auch ohne Worte. Frankie dachte an all die Jahre und an die beiden Urlaube, in denen sie stets das Gefühl gehabt hatte, sie müsse Robert bei Laune halten, mit ihm reden und fröhlich sein und dürfe es sich nicht anmerken lassen, wenn sie gekränkt war oder sich einsam fühlte.

»Er ist nicht mein Ehemann«, sagte sie schließlich.

»Ja, ich weiß«, erwiderte Shane.

»Woher?«

»Die Namensschilder an den Koffern, seine Anweisung, wir sollten Sie nie ans Telefon holen, wenn sein Büro anrief, sondern nur notieren, wen er wann zurückrufen solle. Wenn Sie mit ihm verheiratet wären, hätte er Sie gebeten, die Nachrichten entgegenzunehmen.«

Nach einer weiteren Pause fragte Frankie: »Ist es für Sie so in Ordnung? Ich meine, daß Sie das Hotel allein führen müssen, da Sie es doch eigentlich zu zweit machen wollten?«
»Ja, es ist gut so. Und vielleicht bleibe ich ja nicht immer allein. Man weiß nie, was das Schicksal für einen bereithält.«
Das Meer war jetzt ganz ruhig. Sie suchten flache Steine und ließen sie übers Wasser hüpfen.
»Ich denke, er wird bald zurückfahren«, meinte Shane. »Die Leute von dem neuen Werk haben mir gesagt, daß jetzt alles geklärt ist.«
»Hm, darauf sollten sie sich aber nicht unbedingt verlassen.«
»Sie sind nicht so dumm, wie manche glauben«, bemerkte Shane und lachte. »Jeder von uns, der in Übersee gearbeitet hat, kennt sich ein bißchen im Geschäftsleben aus.«
»Ursprünglich hatten wir geplant, noch eine Weile hierzubleiben, wenn das Geschäftliche geregelt ist. Aber das glaube ich jetzt nicht mehr.«
»Nein, es wird ihn hier nichts mehr halten. Vielleicht fliegt er sogar nach Cannes, um noch etwas von dieser Konferenz mitzubekommen.«
»Dorthin, wo immer die Sonne scheint und wo man nicht mit Überraschungen rechnen muß?« Frankie lächelte ihn an.
»Richtig«, nickte Shane.
»Und was sagen die Wetterfrösche für hier?«
»Sie sind optimistisch, wissen aber nichts Genaues.«

»Ich bleibe noch«, entschied Frankie. »Ich bleibe auf jeden Fall noch eine Weile, bis ich weiß, wie es wird.«
In einvernehmlichem Schweigen gingen sie zum Greener Grass zurück. Sie wußten beide, daß es nichts zu bereden, zu planen oder zu erklären gab, daß jedes weitere Wort unnötig war.

VICTOR UND DER VALENTINSTAG

In Victors Familie wurde stets ein großer Wirbel um den Valentinstag gemacht. Seine Schwester überlegte schon Wochen vorher, ob wohl jemand eine Karte schikken würde; seine Mutter kochte für diesen Anlaß ein spezielles Menü, das sie ihrem Gatten bei Kerzenschein servierte. Victors Vater kaufte seiner Frau ein romantisches Geschenk, etwa ein Herzchen für ihr Armband, einen kleinen Anhänger oder eine Glasvase für eine einzelne Rose.

Kein Wunder, daß bei ihm der Eindruck entstand, es sei ein besonderer Tag.

Doch bald stellte er fest, daß die Realität anders aussah. Die Jungen in der Schule zum Beispiel schickten den Mädchen keine Karten, höchstens scherzhafte, auf denen oft beleidigende Sprüche standen.

Keiner von seinen Schulkameraden erwähnte auch nur mit einem Wort, daß der Valentinstag zu Hause gefeiert wurde, deshalb äußerte sich auch Victor nicht dazu. Man mußte sich ja nicht mit Gewalt zum Gespött machen. Es genügte schon, daß sich die anderen wegen seiner Freundlichkeit, seiner guten Manieren und seiner geringen Neigung, auf dem Schulhof Klas-

senkameraden zu verprügeln, über ihn lustig machten.
Auf der Technikerschule, wo er später seine Ausbildung zum Elektriker absolvierte, wurde am Valentinstag ein Tanz veranstaltet, aber dabei ging es nur darum, mit welchem Mädchen vielleicht etwas lief und mit welchem nicht.
Victor beteiligte sich nicht an den Gesprächen darüber, ob mit einem Mädchen etwas lief oder nicht. Seiner Meinung nach gehörte es sich nicht, in einer Bar über so persönliche Dinge zu sprechen. Deshalb hielten ihn die anderen auf diesem Gebiet für einen ziemlich hoffnungslosen Fall.
Sein erster Chef hatte nichts für den Valentinstag übrig. Da gehe es doch nur ums Geschäft, meinte er.
Etwa zu dieser Zeit schickte Victor einem netten Mädchen namens Harriet, mit der er ein paarmal ins Kino gegangen war, eine Valentinskarte. Harriet rief ihn sofort an.
»Hör mal, Victor, es tut mir leid, aber da hat es wohl ein großes Mißverständnis gegeben. Das zwischen uns ist für mich nichts Ernstes. Ich will mich nicht mit dir verloben oder dich heiraten oder so.« Victor fiel aus allen Wolken.
»Du lieber Gott, nein, ich doch auch nicht«, sagte er. Allein der Gedanke daran versetzte ihn in Panik.
»Warum hast du mir dann diese Karte mit all den Rosen und Veilchen drauf geschickt und persönlich unterschrieben?« wollte sie wissen.
»Weil Valentinstag ist«, erklärte er.

»Aber eigenhändig unterschrieben! Da dachte ich natürlich, daß du etwas Festes daraus machen willst.« Harriet ärgerte sich schrecklich über das Mißverständnis.
»Das tut mir sehr leid«, sagte Victor geknickt. »Kommt nie wieder vor.«
Aber natürlich kam es wieder vor, nämlich als er Muriel kennenlernte, die er sehr sympathisch fand.
Muriel meinte, er hätte ihr seine Liebeserklärung persönlich machen sollen, anstatt sich hinter einer Karte mit Rosen und Veilchen und den Gefühlsergüssen eines Fremden zu verstecken. Das zeuge nicht gerade von Mut. Es tue ihr leid, aber sie sehe für sie beide keine gemeinsame Zukunft.
Victor gelangte zu dem Schluß, daß er im Umgang mit Frauen kein Geschick hatte. Er verabredete sich zwar mit Mädchen, ging aus, hatte einen Freundeskreis, hin und wieder sogar eine richtige Beziehung, aber alles verlief im Sande.
Dafür war er ein guter Elektriker. Mit seiner freundlichen Art und seinem handwerklichen Geschick konnte er sich schon bald selbständig machen und wurde sein eigener Chef. Ein Handy, ein paar Visitenkarten und viel Mundpropaganda genügten, und Victor konnte sich vor Aufträgen kaum retten.
Manchmal wurde er nach seinem Privatleben gefragt. »Ich habe nie die Richtige kennengelernt«, gab er zur Auskunft. »Außerdem bin ich ein hoffnungsloser Romantiker, aber die Mädchen haben keinen Sinn dafür.«
Mittlerweile war er achtunddreißig, ein Mann mit wirrem Haar und einem warmherzigen Lächeln.

Man nahm ihm das nicht ab. Die Leute vermuteten, er habe ein bewegtes Privatleben und scheue sich nur, davon zu erzählen.

Die Menschen mochten Victor und vertrauten sich ihm an. Und er hörte ihnen bereitwillig zu, weil er sich so ganz allein ein wenig einsam fühlte.
Er hätte gerne eine Freundin gehabt, mit der er am Wochenende ausgehen oder in den Ferien verreisen konnte.
Victor hatte für den Urlaub Geld auf die Seite gelegt, aber allein zu verreisen war irgendwie nicht das Wahre. Deshalb blieb er zu Hause und plauderte mit seinen Kunden. Zum Beispiel mit dem jungen Paar, das ein Kind adoptieren wollte. Als es zu ihnen kam, waren sie so aufgeregt, daß sie Victor zur Begrüßungsparty einluden.
»Sind Sie ein Verwandter?« fragte ihn jemand.
»Nein, ich habe die Leitungen im Kinderzimmer neu verlegt«, sagte er, und wieder glaubte ihm niemand.
Dann gab es noch diesen Mann, der nicht den Mut hatte, seiner Frau zu erzählen, daß er arbeitslos war. Victor trank einige Tassen Tee mit ihm, als er eigentlich nur neue Steckdosen einbauen sollte.
Und vor allem gab es da die alte Mrs. Todd.
Sie hatte Victor sehr gern und erzählte ihm alles von ihrer Familie. Ihr Sohn Frank sei so fürsorglich, daß er diese Überwachungsanlage hatte einbauen lassen, mit der sie auf einem kleinen Bildschirm sehen konnte, wer draußen war, bevor sie die Tür öffnete. Mrs. Todd hatte das gar nicht gewollt, aber ihr Sohn Frank habe darauf

bestanden; die Welt sei voller böser, gefährlicher Menschen, habe er gesagt.
Frank besuchte seine alte Mutter nur selten, was Victor schade fand. Aber dafür machte Frank seiner Mutter aus der Ferne alle möglichen Vorschriften. Wie Mrs. Todd erzählte, hatte er ihr verboten, neue Bekanntschaften zum Kaffee einzuladen. Das treffe sie sehr schwer, aber Frank habe wohl recht.
In Victors Augen war Frank ein Tyrann, aber er war zu taktvoll, um das zu sagen. Franks Tochter Amy war nach Australien ausgewandert, sobald sie alt genug dafür war. Mrs. Todd erzählte, daß Amy ihr regelmäßig schrieb; sie wohnte in Sydney, wo sie in einem Blumenladen arbeitete. Sie sei sehr glücklich. Sie wünschte sich sehnlich, daß ihre Oma sie einmal besuchte.
»Warum fahren Sie nicht einfach hin?« ermutigte Victor sie.
Wieder einmal besuchte er Mrs. Todd, weil angeblich ein Kabel locker war. Er wußte genausogut wie sie, daß mit den elektrischen Leitungen alles in Ordnung und Mrs. Todd nur sehr, sehr einsam war. Er arrangierte es so, daß er bei ihr vorbeischaute, wenn er sowieso gerade in der Nähe zu tun hatte, und sie zahlte ihm ein kleines Entgelt, um dem Ganzen einen geschäftlichen Anschein zu geben.
»Ach, da gibt es viele Gründe«, meinte sie. »Ich kann eigentlich nicht mehr allein verreisen, und außerdem wäre mir die Situation unangenehm. Sie wissen doch, daß sich Amy mit ihrem Vater nicht gut versteht. Selbst wenn ich noch rüstig genug wäre, um allein hinzufah-

ren, gäbe es einen großen Familienkrach, und das wollen wir nicht.«

Victor schickte ihr eine Karte zum Valentinstag, aber eingedenk seiner früheren Mißerfolge unterschrieb er sie nicht.

Als er das nächste Mal vorbeikam, um den mysteriösen Funktionsstörungen des Tauchsieders auf den Grund zu gehen, sah er die Karte auf dem Kaminsims stehen.

»Vielen, vielen Dank für die Valentinskarte, Victor«, sagte Mrs. Todd.

»Woher wollen Sie wissen, daß sie von mir ist?«

»Weil Sie neben meinem verstorbenen Gatten der einzige Romantiker sind, den ich kenne«, erwiderte sie.

Die Monate verstrichen. Ihr Sohn Frank besuchte sie immer seltener und mischte sich dafür immer mehr in ihr Leben ein.

Amy wiederholte ihre Einladung in jedem Brief mit größerem Nachdruck: »Bitte komm her, Oma, ich möchte dir mein Australien zeigen. Du bist nicht alt, denn du hast ein junges Herz. Ich spare schon, damit ich dir den Flug bezahlen kann.«

Um Weihnachten herum, als es in London kalt und naß war, traf Victor eine Entscheidung.

»Mrs. Todd, warum fahren Sie und ich Anfang des Jahres nicht zusammen? Ich liefere Sie bei Ihrer Enkelin ab und ziehe dann allein weiter ins Hinterland. Vielleicht nehme ich einen Mietwagen und sehr mir Broken Hill an. Das würde mir gefallen. Dann komme ich wieder, und wir fliegen gemeinsam nach Hause.«

Ihr traten die Tränen in die Augen.

»Es ist so nett von Ihnen, daß Sie an so etwas denken. Das allein macht mich schon glücklich.«

»Nein, Mrs. Todd, Sie müssen mir glauben, daß es mir ebensoviel bedeutet wie Ihnen. Ich wollte schon immer nach Australien. Ich habe das Geld zusammengespart und gewartet, aber es bot sich nie eine Gelegenheit.«

»Und was ist mit Frank?«

»Frank wird sich damit abfinden.«

»Nein, Victor. Sie haben leicht reden, Sie sind ein junger Mann. Aber ich bin alt, und Frank ist alles, was ich habe. Er würde mich nie verreisen lassen mit … mit …«

»Mit dem Elektriker«, beendete Victor den Satz für sie.

»Nun ja, so kann man sagen.«

»Dann behaupten wir eben, daß ich ein Freund von Amy bin. So machen wir es.«

Sie lächelten einander zu. Das Abenteuer konnte beginnen.

Keiner von ihnen hätte geglaubt, daß Victor schon so bald ein Freund von Amy sein würde, und das hatten sie nur der E-Mail zu verdanken.

Jeden Morgen bekam er eine Nachricht von Amy. Dann war es in Sydney Abend, und Victor schrieb ihr zurück, bevor sie schlafen ging. Stück für Stück reimten sie sich ihre Geschichte zusammen, dachten sich aus, wann und wie sie sich kennengelernt hatten und Freunde geworden waren. Jeder amüsierte sich köstlich darüber, wie einfallsreich der andere war.

Obwohl Amy nichts Schlechtes über ihren Vater erzählte, ließ sie durchblicken, daß die beiden einfach nicht

die gleiche Wellenlänge hatten, auch wenn sie sich stets bemühten, höflich zueinander zu sein.
Schließlich mußte Frank von der bevorstehenden Reise informiert werden. Er hatte Dutzende von Einwänden, aber die drei Verschworenen hatten schon damit gerechnet und sich entsprechende Antworten zurechtgelegt. Keine Chance.
Endlich waren sie an Bord des Flugzeugs. Mrs. Todd und Victor. Sie lachten, als der Steward sie für Mutter und Sohn hielt.
»Nein, wir sind Geschäftspartner«, erklärte Mrs. Todd.
Um sich auf die Neue Welt einzustellen, tranken sie australischen Wein. Dann schliefen sie ein und wachten wieder auf.
Und schliefen wieder ein. Bei einem Zwischenstopp im Mittleren Osten tranken sie Kaffee, in Singapur Tiger-Bier. Keiner von ihnen fand es auch nur im geringsten seltsam, daß sie zusammen ans andere Ende der Welt reisten.
Sie sahen sich Filme an, lasen Zeitschriften und erzählten einander aus ihrem Leben. Mrs. Todd sprach von Mr. Todd, der ein wunderbarer, liebevoller Ehemann gewesen war und ihr jeden Freitagabend Blumen mitgebracht hatte. Sie sehe selbst wie eine Blume aus, hatte er immer zu ihr gesagt.
Victor erzählte Mrs. Todd von den Frauen, die es in seinem Leben gegeben hatte, und daß er zu romantisch für sie gewesen war. Vielleicht würde auch ihm das Glück einmal hold sein. Aber sicher nicht in Australien. Dort waren die Menschen sehr modern, sie blickten nach vor-

ne und hielten ihn bestimmt für einen verschrobenen, altmodischen Engländer.
Mrs. Todd hielt dagegen, romantische Menschen gebe es überall auf der Welt, er dürfe nicht verallgemeinern.
Die Sonne ging unter, und beim Landeanflug sahen sie das Opernhaus und die Hafenbrücke und all die anderen Dinge, von denen sie geträumt hatten.
Eine Menschenmenge wartete in der Abendsonne.
Victor schob Mrs. Todd in ihrem Rollstuhl hinaus.
Eine junge Frau mit einem bezaubernden Lächeln winkte ihnen zu. Sie trug rosafarbene Shorts und eine Sonnenbrille. Ihr langes, schwarzes Haar war gelockt, und sie hatte Wangengrübchen.
Er wußte sofort, daß es Amy war.
»Wir sind da!« rief er.
»Das wird aber auch Zeit«, rief sie zurück.
Mrs. Todd und ihre Enkelin fielen sich in die Arme. Sie drückten einander und weinten und sahen sich ungläubig an. Um sie herum spielten sich ähnliche Szenen ab. Australier begrüßten ihre Verwandten aus England.
Victor, der Elektriker, stand ein wenig abseits. Schließlich erinnerten sie sich daran, daß er auch noch da war.
»Das ist Amy«, stellte Mrs. Todd ihre Enkelin stolz vor.
»Willkommen in Australien«, sagte Amy mit einem herzlichen Lächeln.
Plötzlich wünschte er, er hätte nicht schon alle Vorkehrungen getroffen, Sydney zu verlassen und den Busch zu erkunden. Das würde sicher aufregend werden, und schließlich war es einer der Gründe gewesen, warum er überhaupt hierhergekommen war. Aber offensichtlich

hatte auch Sydney einiges zu bieten. Und er hatte nur drei Tage dafür veranschlagt.

Amy zeigte ihnen die schönsten Plätze der Stadt. Sie fuhren mit dem Auto über die berühmte Hafenbrücke und anschließend mit der Fähre darunter hindurch. Nichts erschien Amy zu anstrengend oder abenteuerlich für ihre alte Großmutter, und sie sollte recht behalten.

Sie aßen in kleinen griechischen oder italienischen Restaurants, deren Inhaber Amy persönlich kannte. Dieses internationale Flair hier liebe sie so, erklärte sie.

»In London gibt es das auch immer mehr«, sagte Victor.

»Ach, London.« Amy zuckte die Schultern.

»Nicht alle dort sind so wie Ihr Vater«, rutschte es Victor heraus.

Amy lächelte nur.

»Dann ist es ja gut«, meinte sie.

Sie hatten so getan, als wären sie alte Freunde, um ihren Vater zu überlisten. Aber jetzt fühlten sie sich tatsächlich wie alte Freunde.

Wie gerne hätte er ihr eine Valentinskarte geschenkt, bevor er ins Hinterland fuhr, auf der gewundenen Straße durch den Busch und zu den Straußen. Amy hatte ihm geraten, in der Dämmerung gut achtzugeben, weil dann manchmal Känguruhs vors Auto hüpften.

Aber dann rief er sich wieder ins Gedächtnis, wie oft seine Grußkarten mißverstanden worden waren.

Vielleicht fand er einen Koalabären aus Schokolade mit Herzen darauf? Nein, etwas Scherzhaftes war nicht das Richtige. Er begriff nicht, wie ein ganzer Industriezweig von solchen Artikeln leben konnte.

Er wollte ihr einfach dafür danken, daß sie ihrer beider Leben mit Sonnenschein erfüllt hatte. Warum es als Scherz verkleiden?

Als er sich von Amy verabschiedete, schenkte sie ihm eine rote Rose. Eine Karte steckte daran, und darauf stand: »Ich werde Sie vermissen, Victor Valentine.«

Als er die Sprache wiederfand, sagte er: »Ich habe darüber nachgedacht, doch nicht so lange wegzubleiben.«

»Und ich habe darüber nachgedacht, daß wir Sie eigentlich begleiten könnten«, sagte Amy.

BEGEGNUNGEN

Martin drückte ärgerlich die Tasten des Telefons. Er fühlte sich unsicher, denn er brach in eine neue, für ihn fremde Welt auf – die Kunstszene. Die ganze Angelegenheit brachte schon genügend Belastungen mit sich, und dann noch der wenig befriedigende Abschied von Angie. Die schöne Angie, warum war sie nicht aufgestanden und rasch in einen Jogging-Anzug geschlüpft? Warum hatte sie nicht angeboten, ihn zum Flughafen zu fahren, dort mit ihm Kaffee zu trinken und ein Croissant zu essen? Es hätte ihm so gutgetan. Es hätte ihn beruhigt, mit Angie zusammen zu sein und in ihre großen dunklen Augen zu schauen, während die Passanten ihn um dieses Mädchen mit der tollen gesträhnten Mähne und dem wundervollen gelassenen Lächeln beneideten. Dann hätte er das Wagnis, das vor ihm lag, viel ruhiger angehen können. Dann wäre er jetzt nicht so nervös und kribbelig gewesen.

In der Zelle nebenan sah er eine dieser typischen Karrierefrauen, die ihm auf Anhieb unsympathisch war. Kurzer praktischer Haarschnitt, unweibliches Kostüm, riesige Aktentasche, makelloses Make-up, goldene Broschenuhr am Revers. Alles an ihr brachte zum Ausdruck, daß sie eine selbstbewußte Frau war und in der Männerwelt ihren Weg machte. Sie hatte eine hitzige Debatte mit ihrem Gesprächspartner am anderen Ende der Leitung. Wahrscheinlich schrie sie jemanden völlig grundlos an. Martin gab Angie noch drei Minuten, dann würde er es noch einmal versuchen. Noch nie hatte sie so lange telefoniert. Jedenfalls nicht um halb zehn Uhr morgens.

Kay wünschte sich, der Mann in der Zelle nebenan würde aufhören, sie anzustarren. Es reichte ihr schon, daß Henry so wütend war. Sie hatte Henry immer wieder erklärt, wie wichtig es für sie war, schon einen Tag früher auf der Messe zu sein, damit sie den Aufbau des Standes überwachen konnte. Sie mußte dafür sorgen, daß sie den richtigen Standort bekamen, ganz nah am Eingang, so wie gebucht, und daß die Beleuchtung und die Dekoration stimmten. Und sie wollte die Nachbarn links und rechts kennenlernen, damit sie sie im Notfall um Unterstützung bitten konnte, wenn sich die Tore öffneten und die Messe begann.

Henry hatte Verständnis dafür gezeigt. Aber das war gestern gewesen, und heute war er wieder schlecht aufgelegt.

Kay würde fünf Tage unterwegs sein, und sie haßte es, unter solchen Umständen wegzufahren. Es war doch völlig unnötig, daß er sich so aufregte. Wenn sie in eine andere Stadt reiste, hatte er wirklich nichts zu befürchten. Sie würde viel zu müde und erschöpft sein, um nach ihrem langen Tag noch zu feiern. Alles, was sie sich wünschte, war ein nettes, kleines Telefongespräch jeden Abend, in dem er ihr versicherte, daß er sie liebte, daß es ihm gutging, aber nicht ganz so gut, als wenn sie da wäre, und wie sehr er sich auf Freitag freute. Sie rief ihn im Büro an, weil sie ihm seine schlechte Laune ausreden wollte, bevor er sich zu sehr hineinsteigerte.

Das war ein Fehler gewesen. Henry erklärte ihr laut und deutlich, was er von ihrem Verhalten hielt, nämlich nichts. Sie habe ihre Entscheidung getroffen. Statt ihn auf seine Firmenparty zu begleiten, wolle sie unbedingt einen zusätzlichen Tag in diese angebliche Geschäftsreise investieren. Das sei unmißverständlich, über die Konsequenzen müsse sie sich allerdings im klaren sein.

»Welche Konsequenzen?« rief Kay und wandte dem Pseudo-Bohèmien in der Zelle nebenan den Rücken zu. Eigentlich sah er gar nicht schlecht aus, überlegte sie, aber er kam ihr eitel und aufgeblasen vor, so wie viele Schauspieler und Leute aus dem Show-Geschäft. Allein die Art, wie er sich schon über die Krawatte strich, wirkte affektiert und eingebildet. Diese Sorte Mann konnte sie nicht ausstehen. Aber es wurde immer schwieriger, mit Henry zu reden, obwohl er zu der Sorte Mann gehörte, die sie am meisten mochte. Inzwischen konnte sie keine der Eigenschaften mehr an ihm entdecken, die ihr so gut gefallen hatten, als sie sich kennenlernten.

Er erklärte, wenn Kay, seine ständige Begleiterin, sich nicht die Mühe machte, bei einer wichtigen Firmenzusammenkunft aufzutauchen, würde er sich als alleinstehenden, ungebundenen Menschen betrachten, der keinerlei Verpflichtungen hatte.

»Das ist Erpressung der übelsten Art.« Kay war entsetzt über sich selbst, weil sie wie ein Teenager reagierte.

»Es liegt allein bei dir«, sagte Henry kühl. »Komm jetzt vom Flughafen zurück, und wir vergessen den ganzen Vorfall.« Sie legte sofort auf, weil sie fürchtete, zu heftig zu reagieren.

Martin sagte sich, daß es für Angie schon immer wichtig gewesen war, gründlich auszuschlafen. Schließlich war sie Model. Ihr Gesicht mußte stets frisch und faltenlos sein. Bestimmt hatte sie den Hörer neben die Gabel gelegt. Bei diesem Gedanken hellte sich seine Miene auf, doch sie verdüsterte sich wieder, als ihm einfiel, daß er ihr beim Abschiedskuß versprochen hatte, vom Flughafen aus anzurufen. Das sei super, hatte sie gesagt. Warum also verhinderte sie, daß er zu ihr durchkam?

Da jeder seinen Gedanken nachhing, fiel es weder Martin noch Kay auf, daß sie im Flugzeug nebeneinander saßen ... Sie musterten einander ohne Sympathie. Martin holte den langen, komplizierten Bericht über die Finanzierung von Kunstprojekten heraus; er mußte ihn verschiedenen Theater- und Kunstorganisationen erläutern, die ihn gewiß samt und sonders als Kulturbanausen abstempeln würden. Kay vertiefte sich in einen Bericht über die Handelsmesse des Vorjahres und notierte sich, welche Gelegenheiten man verpaßt, welche Kontakte verloren hatte und was ansonsten unbefriedigend verlaufen war. Kays und Martins Ellbogen berührten sich sachte.

Aber sie nahmen einander nicht wahr. Von Zeit zu Zeit blickten sie von ihren kleingedruckten Unterlagen auf. Dann dachte Martin daran, wie oft *er* Angie zu ihren Model-Terminen gefahren hatte, und Kay dachte an all die

Betriebsfeste in *ihrer* Firma, zu denen Henry nicht erschienen war, ohne auch nur eine fadenscheinige Entschuldigung vorzubringen.
Über den Wolken war es wunderbar hell und klar. Kay spürte, daß ihre Schultern lockerer wurden und die Anspannung von ihr abfiel. Sie waren jetzt hoch oben und hatten den ganzen Trubel hinter sich gelassen: Häuser, Verkehr, Streß, Firmenpartys. Sie atmete auf und wünschte sich, für immer hier oben bleiben zu können.
In diesem Moment seufzte auch Martin, machte zum erstenmal ein freundliches Gesicht und bemerkte, es sei schade, daß sie nicht für immer hier oben bleiben konnten.
»Dasselbe habe ich auch gerade gedacht. Genau in diesem Augenblick«, sagte Kay verblüfft.
Sie unterhielten sich unbeschwert, er erzählte von den Problemen, die vor ihm lagen, da er ernsthafte idealistische Künstler davon überzeugen mußte, daß er sich keineswegs dazu berufen fühlte, ihre Projekte zu verdammen. Er habe versucht, sich wie die Leute aus der Kunstszene zu kleiden, denn er wußte, daß sie ihn sonst als den Mann im Anzug abstempeln würden, was in ihren Augen nur wenig besser war als ein Kinderschänder.
Sie erzählte ihm von den schlechten Ergebnissen, die die Marketingabteilung ihrer Firma im letzten Jahr erzielt hatte, und daß sie heuer zum erstenmal die Verantwortung trug. Viele Kollegen hofften, daß sie scheitern würde, und Kay fürchtete, daß sie recht behalten könnten. Diese Leute glaubten, sie hätte ihren Aufstieg ihrem

weiblichen Charme zu verdanken. Daher kleidete sie sich so streng wie möglich, um nicht kokett zu wirken. Beide zeigten sich einfühlsam und verständnisvoll. Martin sagte ihr etwas, was Henry nie angesprochen hatte, nämlich daß sie es vielleicht übertrieb und dank der Kleidung zu streng und unnahbar wirkte, wodurch ihre Ausstrahlung nicht zur Geltung kam.
Und Kay sagte Martin etwas, woran Angie nie gedacht hatte – daß seine Krawatte vielleicht zu übertrieben wirke. Die ohnehin unzufriedenen Künstler würden ihn vielleicht nicht ernst nehmen.
Dann schwiegen sie und betrachteten gemeinsam den klaren, leeren blauen Himmel. Martin dachte, daß Angie wahrscheinlich gar nichts an ihm lag. Ihr lag nur etwas an ihrem Gesicht, an den Titelbildern, auf denen es erschien, und an den Terminen, die ihr Agent für die kommende Woche vereinbart hatte. Er würde sie nach der Landung anrufen, fröhlich mit ihr plaudern und ihr keine Vorwürfe machen, weil sie den Hörer abgehängt hatte. Sie würde ihm alles Gute wünschen, und er würde die ganze Sache von nun an viel lockerer nehmen.
Kay überlegte, ob Henry sich wohl allen Ernstes mit einer anderen einlassen würde, wie er ihr angedroht hatte. Und ob es sehr schlimm für sie wäre, wenn es geschah. Sie beschloß, Henrys Sekretärin anzurufen und zu sagen, es tue ihr sehr leid, aber sie könne nicht zu der Party kommen. Sie würde allen viel Vergnügen wünschen und erklären, daß bei ihr leider die Arbeit vorging. Ohne Henry zu stören, sollten ihre freundlichen Wünsche an die richtigen Leute weitergeleitet werden. Das war eine

professionelle, umsichtige Lösung, wenn auch nicht sehr liebevoll. Aber Kay empfand auch nicht mehr viel Liebe.
Im selben Augenblick verscheuchten Kay und Martin die Gedanken an ihr Privatleben, sahen einander an und setzten die Unterhaltung fort. Weder Angie noch Henry wurden erwähnt, aber sie sprachen über Strategie und machten sich gegenseitig Mut.
Kay riet Martin, mit seinen Gesprächspartnern offen zu reden, ihnen die schlimmste Nachricht über die Finanzierung zuerst mitzuteilen und dann die angenehmeren Aspekte herauszuarbeiten. Martin ermutigte Kay, ihre Kollegen einzubeziehen. Sie sollte ihren Kollegen das Gefühl geben, daß auch sie am gemeinsamen Erfolg mitwirkten. Als Martin und Kay aus dem Flugzeug stiegen, hatten sie Freundschaft geschlossen, obwohl sie einander noch nicht einmal mit Namen kannten. Martin erwog, Kay nach ihrem Namen zu fragen, fürchtete aber, es könnte mackerhaft klingen. Kay fragte sich, ob sie ihm ihre Karte geben sollte, wollte aber nicht wie die typische Karrierefrau wirken.
In der Schalterhalle befanden sich mehrere Münzfernsprecher. Beide steuerten darauf zu.
Die Hand auf dem Hörer, hielt Kay inne. In der Zelle nebenan sah sie Martins Finger auf den Tasten, aber er drückte sie nicht, sondern zögerte ebenfalls. Durch die Plexiglasscheibe lächelten sie sich an.
Er wirkt jetzt nicht mehr so aufgeblasen, dachte sie. Das Samtjackett ist eigentlich sehr schön.
Sie ist richtig elegant, auch wenn sie sich wie eine Geschäftsfrau kleidet, fand er.

Keiner von beiden telefonierte.
Aber für rasche Entscheidungen war es zu früh. Die Arbeit wartete. Wenn sie sich irgendwann, irgendwo wiederbegegneten, um so besser.
Sie wünschten einander viel Glück, und jeder stieg in sein Taxi.
Als sie sich im Sitz zurücklehnten, nannten beide den Taxifahrern den Namen desselben Hotels.

EIN URLAUB MIT VATER

Rose betrachtete die Frau mit den beiden Kaffeepappbechern. Sie hatte ein gutmütiges Gesicht, bei dem man unwillkürlich an gute Taten denken mußte. Ein Lächeln wie dieses hatte Rose bei Frauen gesehen, die bei Wohltätigkeitsveranstaltungen Marmelade verkauften, die sich über Krankenbetten beugten oder einem hoffnungsvoll eine Sammelbüchse entgegenstreckten.

Und tatsächlich begab sich die Frau mit dem Kaffee zu einem alten Mann, der in einen dicken Mantel eingepackt dasaß, obwohl es draußen warm war, und in dem vollen Café in der Victoria Station war es sogar noch wärmer.

»Ich glaube, wir sollten ihn möglichst schnell trinken, Dad«, meinte die Frau heiter. »Ich habe irgendwo gelesen, daß die Pappe durchweicht, wenn man zu lange wartet, und deshalb schmeckt der Kaffee dann so scheußlich.«

Gehorsam trank der Mann aus und erklärte, der Kaffee sei gar nicht so schlecht gewesen. Er hatte ein sympathisches Lächeln. Plötzlich, ohne ersichtlichen Grund, fühlte sich Rose an ihren eigenen Vater erinnert. Während die liebenswürdige Frau dem Alten eine Zeitung und seine Leselupe gab, meinte sie, er brauche sich wegen der Zeit keine Sorgen zu machen, sie würde die Uhr im Auge behalten und dafür sorgen, daß sie früh genug und ohne Hektik am Bahnsteig ankämen. Glücklich und sorglos las er seine Zeitung, und die freundliche Frau las ihre. Sie strahlten Behaglichkeit und Zufriedenheit aus, fand Rose und freute sich über diesen hübschen Anblick, da man doch in Cafés meist nur niedergeschlagene, trübsinnige Leute sah – wie jene Paare mittleren Alters, die vor sich hin starrten und sich nichts zu sagen hatten.

Roses Blick fiel auf die Aufkleber an den Koffern; die beiden waren auf dem Weg nach Amsterdam. Der Name des Hotels war in ordentlicher Maschinenschrift geschrieben. Und die Koffer hatten kleine Rollen an der Unterseite. Bestimmt war diese Frau eine ausgezeichnete und umsichtige Organisatorin, überlegte Rose. Sie überließ nichts dem Zufall, es würde eine hübsche, sorgfältig geplante Urlaubsreise werden.

Die Frau trug einen schlichten Ehering. Vielleicht war sie verwitwet. Oder ihr Mann hatte sie wegen einer anderen Frau, einer boshaften Schreckschraube, verlassen. Womöglich saß der Ehemann auch mitsamt den vier Kindern brav zu Hause, und die Frau unternahm lediglich eine kleine Reise mit ihrem Vater, um ihn etwas aufzumuntern, weil es ihm nicht gutging. Rose stellte eine Unmenge von Vermutungen an und kam zu dem Schluß, daß der Gatte der Frau bei einem entsetzlichen Unfall ums Leben gekommen war, was sie aber tapfer ertragen hatte; jetzt arbeitete sie bei einer örtlichen Sozialeinrich-

tung, und sie und ihr Vater verbrachten die Ferien jedes Jahr in einer anderen europäischen Hauptstadt.
Wenn die Snackbar etwas heimeliger gewesen wäre, hätte sie die beiden vielleicht angesprochen. Das waren keine Leute, sie sich abwendeten, wenn man ein freundliches Gespräch anknüpfte. Aber es hätte bedeutet, daß sie ihr Gepäck näher zu sich heranziehen mußten, es hätte sie aus ihrer Beschaulichkeit gerissen. Laß sie zufrieden, sagte sich Rose, laß sie in Ruhe ihre Zeitungen lesen. Laß die Frau gelegentlich einen Blick auf die Uhr werfen, und laß sie schließlich aufbrechen. Gelassen, ohne Eile, ohne Hektik. Mit den ordentlich gepackten beiden Koffern auf Rollen. Langsam und gemächlich schlenderten sie zu dem Zug, der sie zur Südküste bringen würde. Rose bedauerte, daß sie gingen. Auf ihren Plätzen saßen nun vier deutsche Studenten, jung, kräftig, blond. Sie kramten deutsche und englische Münzen heraus und überlegten, was sich jeder davon noch kaufen konnte. Irgendwie erschienen sie Rose viel unwirklicher.
Es hatte so etwas Beruhigendes und Bestätigendes, dachte Rose, wenn man mit seinem Vater in den Urlaub fahren konnte. Es war wie ein Dankeschön, als würde man zum Ausdruck bringen, daß er all die Mühe nicht umsonst auf sich genommen hatte – daß er geheiratet und einen großgezogen und für die Zukunft seines Kindes gespart und Hoffnungen gehegt hatte. Es rundete die Sache hübsch ab, wenn man mit ihm in eine ausländische Stadt verreisen konnte, denn seit seiner Jugend hatte sich ja so vieles verändert. Heutzutage waren Auslands-

reisen für die jungen Leute eine Selbstverständlichkeit, doch vor noch einer Generation waren sie eine abenteuerliche und riskante Angelegenheit.
Sie fragte sich, was ihr Vater sagen würde, wenn sie ihm solch eine Reise vorschlagen würde. Aber im Grunde wußte sie schon, wie er reagieren würde: »Nein, meine liebe Rose, das ist sehr nett von dir, aber auf meine alten Tage bleibe ich lieber in meiner gewohnten Umgebung.« Daraufhin würde sie widersprechen, daß er doch noch gar nicht so alt sei, gerade erst sechzig, und so ungewohnt sei das alles auch nicht für ihn, schließlich sei er als junger Mann alljährlich nach Paris gefahren und habe dort auch mit Mum die Flitterwochen verbracht.
Dann würde er einwenden, er könnte nicht weg, weil er soviel liegengebliebene Arbeit erledigen müsse. Und wenn sie ihm dann entgegenhielt, daß das nicht sein könne, da er doch ohnehin jeden Tag bis spätabends in der Bank blieb, um Rückstände aufzuholen – tja, dann würde er erwidern, er habe Europa in seiner Glanzzeit erlebt, und vielleicht sollte er deshalb lieber nicht noch mal hinfahren ...
Dabei wäre er gern wieder auf den Kontinent gereist, liebend gern sogar, das wußte Rose. Noch heute bewahrte er all die Reisealben und die Bilder von Paris aus der Vorkriegszeit auf. Rose war mit diesen braunen Büchern aufgewachsen, mit den Sepiadrucken, den Speisekarten, den Werbeanzeigen und den sorgfältig gezeichneten Karten, auf denen ihr Vater mit Pünktchen und Pfeilen eingetragen hatte, welchen Weg sie zum Montmartre

und zurück genommen hatten. Zwar sprach er nicht gut französisch, kannte aber ein paar Redewendungen und hatte ein Faible für alles Französische; die Franzosen seien ein sehr kultiviertes Volk, pflegte er zu sagen. Diese sympathische Frau und ihr Vater saßen jetzt bestimmt schon im Zug. Und während der Zug an Fahrt gewann, machten sie sich vielleicht auf den einen oder anderen Ausblick aufmerksam. Rose wurde von Eifersucht gepackt. Warum war es dieser Frau, einer gewöhnlichen Frau, die vielleicht – allerhöchstens – zehn Jahre älter war als Rose, vergönnt, daß sie mit ihrem Vater verreisen durfte? Daß sie so mit ihm plaudern konnte, ihm dies und jenes zeigen, Kofferetiketten tippen, Mahlzeiten bestellen, Erinnerungsfotos machen durfte? Warum hatte sie diese Möglichkeit, während Roses Vater nicht mehr aus seinem Liegestuhl auf der Glasveranda wegzubekommen war, sobald sein dreiwöchiger Urlaub begonnen hatte? Und seine eine Woche Winterurlaub verbrachte er damit, Leserückstände aufzuholen.
Warum wollte ein netter, liebenswerter und warmherziger Mensch wie ihr Vater nach allem, was er für Rose und all die anderen getan hatte, nichts mehr unternehmen und nirgendwohin mehr verreisen? Roses Augen füllten sich mit Zornestränen.
Sie erinnerte sich, wie begeistert und interessiert ihr Vater gewesen war, als sie damals das erstemal nach Paris fuhr; er hatte sofort die Namen von Hotels herausgesucht – man konnte ja nie wissen – und ihr den Weg dorthin beschrieben. Mit ihren zwanzig Jahren war sie so unduldsam und intolerant gewesen, und es hatte sie ver-

legen gemacht, daß er glaubte, seit seiner Zeit habe sich nichts verändert. So hatte sie nur mit halbem Ohr zugehört und es kaum erwarten können, bis sein Exkurs durch die Alben und Stadtpläne beendet war. Sie hatte sich auch geärgert, daß sie alle seine sorgfältig übertragenen Notizen mitschleppen mußte; während ihres Aufenthalts hatte sie sie nicht einmal angesehen. Aber damals war sie zwanzig gewesen, und man weiß ja, wie ungestüm Zwanzigjährige sind, und sieht es ihnen hoffentlich nach. Jetzt, im Alter von dreißig Jahren, war sie bereits einige Male in Paris gewesen. Da sie mittlerweile mehr zur Ruhe gekommen war, hatte sie sich die Zeit genommen, einige der alten Lieblingsplätze ihres Vaters aufzusuchen – düstere, unscheinbare Bauten, sofern sie überhaupt noch existierten. Großmütig, wie sie inzwischen geworden war, hatte sie auch Fotos davon gemacht. Und ihr Vater verbrachte glückliche Stunden damit, die Abzüge zu betrachten und mit den alten Bildern zu vergleichen, wobei er staunend oder kopfschüttelnd feststellte, daß die alte Bäckerei verschwunden war oder die Allee einer sechsspurigen Unterführung hatte weichen müssen.

Auch Mum hatte zu ihren Lebzeiten oft die Alben angesehen und mit gelegentlichen »Ah«s und »Oh«s kommentiert. Doch ihr Interesse war nur vorgetäuscht gewesen. Im Grunde war es ihr nur darum gegangen, Daddy glücklich zu machen.

Nach Mums Tod war Daddy oft darauf angesprochen worden, ob er nicht mal wieder verreisen wollte. Natürlich nicht gleich nach der Beerdigung, sondern Monate später, wenn einer von seinen alten Freunden aus einer anderen Bankfiliale anrief.

»Überleg dir doch, vielleicht mal wieder ins Ausland zu reisen«, rieten sie ihm. »Erinnerst du dich an all die Orte in Frankreich, wo du früher schon gewesen bist? Wäre doch nicht schlecht, mal wieder dorthin zu fahren, ein paar nette Tage ...« Und dann lächelte Daddy immer ein wenig versonnen. Er war so verdammt sanftmütig und zurückhaltend, dachte Rose, und abermals traten ihr Tränen in die Augen. In der Bank steckte er immer zurück, deshalb hatte er es nicht zum Filialleiter gebracht. Er hatte sich auch nicht mit den Nachbarn angelegt, als sie ihm seinen schönen Garten, sein ein und alles, komplett zugebaut hatten, so daß er jetzt von Dutzenden Appartementwohnungen umringt war. Und er hatte Rose nicht ins Gewissen geredet, als sie sagte, sie wolle Gus heiraten. Wenn Daddy damals nicht so zurückhaltend gewesen wäre, hätten sich die Dinge vielleicht anders entwikkelt. Angenommen, Daddy hätte energisch und nachdrücklich zu ihr gesagt, so einen wie Gus hätte man zu seiner Zeit einen Lumpen genannt, und heute würde man ihn wahrscheinlich als Playboy bezeichnen. Was, wenn Daddy das gesagt hätte? Hätte sie ihm überhaupt zugehört, oder hätte er sie nur in ihrem Entschluß bestärkt, den üblen Kerl zu heiraten? Aus Daddys Mund hätten diese Worte sie vielleicht einen Augenblick innehalten lassen und zum Nachdenken angeregt – und möglicherweise wären ihr zwei freudlose Ehejahre und zwei weitere Jahre, in denen sie die Scheidung in die Wege geleitet hatte, erspart geblieben.

Doch Daddy hatte geschwiegen. Er hatte gemeint, sie solle tun, was sie für richtig halte. Er hatte ihr alles Gute gewünscht und dem Brautpaar ein Hochzeitsgeschenk gemacht, für das er sich bestimmt eine Lebensversicherung hatte auszahlen lassen müssen. Gus hatte das kaum zu würdigen gewußt, er fand Daddy langweilig. Dabei war Daddy stets ausgesucht höflich und freundlich zu ihm gewesen. Nachdem Gus aus ihrem Leben verschwunden war, war sie wieder zu Daddy gezogen. Es war ruhig und friedlich in seinem Haus, trotz der Appartementblocks. Und sie stellten keine Ansprüche aneinander. Daddy zog sich gerne in sein kleines Arbeitszimmer zurück, um Rückstände aufzuholen, und spülte immer das Geschirr, wenn er sich etwas gekocht hatte. Gemeinsame Abendessen gab es nur selten. Da Rose beruflich viel unterwegs war, kam sie zu unregelmäßigen Zeiten heim, und Daddy war es gewohnt, sein Abendessen sehr früh einzunehmen und dabei zu lesen. Wenn sie über Nacht wegblieb, stellte er keine Fragen, und sie brauchte ihm nichts zu erklären. Allerdings hörte er stets interessiert zu, wenn sie ihm von dem einen oder anderen Abenteuer erzählte.
Rose würde an diesem Vormittag nach Paris fliegen. Man hatte sie beauftragt, eine Sammlung von Katalogen zusammenzustellen. Das konnte eine Woche dauern, wenn sie es gründlich machte, oder auch nur einen Tag, wenn sie sich in ein Taxi setzte und die erstbesten fünfzig Kataloge mitnahm, die ihr unter die Augen kamen. Als sie am Morgen Daddy davon erzählt hatte, war sofort sein Interesse erwacht. Er hatte seine Bücher herausgekramt, um

noch mal nachzusehen, wo denn nun der neue Flughafen lag und durch welche Gegenden der Bus fahren würde, der Rose ins Stadtzentrum brachte. Eine unbeschwerte halbe Stunde brachte er damit zu, während Rose ihn mit gleichermaßen zärtlichen und neugierigen Blicken maß. Es war doch albern, daß er nicht wieder hinfahren wollte. Warum sträubte er sich bloß?
Plötzlich glaubte sie, den Grund zu kennen. Es lag einzig und allein daran, daß er niemanden hatte, mit dem er hinfahren konnte. Er war ja ein etwas schüchterner Mensch, einer, der sich entschuldigte, wenn ein anderer ihm auf den Fuß trat. So reagierten zwar die meisten halbwegs netten Leute, aber es konnte auch ein Anzeichen dafür sein, daß jemand zu ängstlich und zu unsicher war, um sich allein auf eine einsame Reise in die Vergangenheit zu begeben, sich schutzlos in die fremde Welt hinauszuwagen. Rose dachte an die nette Frau und den Mann, der etwa zehn oder fünfzehn Jahre älter war als Daddy; heute abend würden die beiden in einem holländischen Restaurant zu Abend essen. Daddy dagegen würde sich abends Rühreier machen und ein paar Rosen schneiden, während seine Tochter in einem französischen Restaurant vor sich hin gähnen und versuchen würde, die Annäherungsversuche eines alternden Lüstlings am Nebentisch abzuwehren. Warum nur wollte Daddy sie nicht begleiten? Sie war selbst schuld daran, es war ihre eigene Dummheit. In all den Jahren, in den sieben langen Jahren seit Mutters Tod, war sie bestimmt dreißigmal im Ausland gewesen und hatte Daddy nicht ein einziges Mal gefragt, ob er vielleicht mitfahren wolle.

Zweifellos war die Frau mit dem sympathischen Gesicht keine so selbstsüchtige Frau, die nur an sich dachte.
Fast hätte sie den Tisch umgestoßen, als sie hinausstolperte, dann nahm sie sich ein Taxi nach Hause. Daddy war im Garten, und wie er so dastand in seiner Strickjacke, sich den Kopf kratzte und an seiner Pfeife zog, sah er aus wie ein gütiger, liebenswürdiger Bilderbuchvater. Er war beunruhigt, sie zu sehen, und es bedurfte einiger erklärender Worte. Warum habe sie ihre Meinung geändert? Sei es denn wirklich einerlei, ob sie heute oder morgen fahre? Besorgt schaute er sie an. Rose handelte sonst nicht so unüberlegt. Sie war ein methodischer Mensch, genau wie er. Sagte sie ihm wirklich die Wahrheit, oder fühlte sie sich vielleicht nicht wohl?
Es war bei ihnen nicht üblich, sich zu umarmen oder zu küssen. Statt dessen pflegte Rose ihm auf die Schulter zu klopfen, wenn sie sich verabschiedete, und zur Begrüßung nahm er sie oft bei den Händen und tätschelte ihren Arm. Wie sie ihn nun mit dieser kummervollen Miene zwischen seinen Gartengerätschaften stehen sah, zerriß es ihr beinahe das Herz.
»Komm rein, laß uns eine Tasse Tee zusammen trinken, Daddy«, schlug sie vor. Sie brauchte einige Augenblicke, in denen sie an der Spüle mit Kessel und Teedose hantieren konnte, um ihre Fassung wiederzugewinnen.
Er schlurfte hinter ihr her, und jeder seiner Schritte verriet bange Besorgnis. Zwar wollte er nicht neugierig oder aufdringlich erscheinen, aber wenn Rose ihre Pläne geändert hatte, konnte das nichts Gutes bedeuten. Die Sache gefiel ihm nicht.

»In deinen Ferien hast du doch eigentlich gar nichts vor, Daddy«, meinte sie schließlich, als der Tee aufgegossen war und es sonst nichts mehr zu tun gab. Das versetzte ihn noch mehr in Unruhe.

»Rose, meine Liebe, mußt du ins Krankenhaus oder so? Rose, mein Schatz, ist irgendwas nicht in Ordnung? Ich bitte dich, sag es mir, wenn etwas ist.« Er biß sich ängstlich auf die Unterlippe, während er sie mit seinem gütigen Blick musterte. Ach, was für ein seltsamer Vater! Welcher Mensch außer ihr hatte noch nie mit seinem Vater gestritten? Gab es irgendeinen anderen Vater auf der Welt, der stets bemüht war, nur das Gute und Schöne zu sehen, und so bereitwillig über alles Schlechte und Unangenehme hinwegging?

»Nein, es ist nichts, Daddy, gar nichts. Ich habe mir nur überlegt, wie dumm es im Grunde ist, wenn ich allein nach Paris fliege. Da sitze ich in irgendeinem Hotel und lese ein Buch, und du sitzt hier zu Hause und liest auch ein Buch oder die Zeitung. Ich habe mir überlegt, daß es doch viel schöner wäre, wenn ich die Reise bis morgen aufschiebe und wir dann zusammen fahren. Dieselbe Strecke mit dem Zug nach Gatwick; oder wir fahren mit dem Zug zur Küste und nehmen dann die Fähre.«

Er hielt inne, die Tasse auf dem halben Weg zum Mund, und starrte sie an.

»Aber warum denn, Rose? Warum schlägst du das vor?« Selten hatte er sorgenvoller ausgesehen als in diesem Moment. Als hätte sie ihn gebeten, mit ihr auf einen unbekannten Planeten zu fliegen.

»Daddy, du redest doch so oft von Paris. Du erzählst *mir*

davon, ich erzähle *dir* davon. Warum fahren wir nicht zusammen hin und plaudern nach unserer Rückkehr über unsere gemeinsamen Erlebnisse?« Er war so verdutzt, daß sie ihn am liebsten angeschrien, ihm die Worte mit einem Megaphon entgegengebrüllt hätte.

Warum schaute er nur so lustlos? Das war doch die Gelegenheit für ihn! Warum zögerte er noch und zierte sich wie ein schüchterner Schuljunge, der es nicht fassen konnte, daß er für die Klassenmannschaft aufgestellt worden war?

»Daddy, es wäre wirklich schön. Wir könnten zusammen essen gehen und zum Montmartre spazieren, auf derselben Route, die du damals in den guten alten Zeiten genommen hast. Wir könnten all das tun, was du in deinen wilden Jugendjahren getan hast.«

Er starrte sie an wie das Kaninchen die Schlange. Er bemühte sich so sehr, freundlich zu sein, er spürte, daß es ihr ein echtes Anliegen war. Und er wußte nicht, wie er es ihr abschlagen konnte. Wenn sie ihn zum Mitfahren überreden wollte, dachte Rose, mußte sie betonen, daß er es mehr ihr zuliebe als um seiner selbst willen tat.

»Weißt du, Daddy, ich fühle mich in Paris oft so einsam. Besonders abends muß ich oft daran denken, was du erzählt hast, wie ihr alle …«

Sie verstummte. Er sah aus wie ein gehetztes Tier.

»Möchtest du denn nicht mitfahren?« fragte sie in viel ruhigerem Ton.

»Meine liebe Rose. *Irgendwann* würde ich sehr gerne nach Paris fahren, mein Schatz, nichts auf der Welt wünsche ich mir mehr, als noch einmal Paris zu sehen. Aber ich kann nicht einfach so losfahren. Ich kann nicht alles stehen- und liegenlassen und mal eben nach Paris düsen. Das weißt du doch.«

»Warum denn nicht, Daddy?« flehte sie. Wie wußte, daß sie sich auf gefährliches Terrain begab, denn sie war im Begriff, ihr eigenes flatterhaftes Verhalten zu erklären, und warum sie am Bahnhof plötzlich kehrtgemacht hatte – was nicht gerade für ihre Besonnenheit sprach. Aber sie verlangte auch von ihrem Vater, Stellung zu beziehen. Sie wollte von ihm wissen, weshalb er nicht mit ihr ein paar Tage im Ausland verbringen konnte. Wenn er darauf keine Antwort wußte, hieß das, daß er lediglich *sagte*, er wollte dieses oder jenes, sich aber nicht wirklich darum bemühte. Dabei konnte sie ihm doch helfen, seine kleinen Träume zu verwirklichen. Wie könnte er jemals wieder seine übertrieben detaillierten Stadtpläne und Sammelalben herauskramen und Rose von Routen und Ereignissen vorschwärmen, wenn er die Gelegenheit verstreichen ließ, all dies in natura zu erleben?

»Du hast doch gar nichts vor, Daddy. Es wäre wirklich ideal. Wir packen deine Sachen, bitten die Nachbarn, ein Auge auf das Haus zu haben, bestellten die Milch und die Zeitungen ab, und das war's, Daddy. Morgen abend sind wir in Paris, morgen nachmittag fahren wir zusammen genau die Strecke, über die wir heute früh noch gesprochen haben.«

»Aber Rose, ich habe hier soviel zu tun, ich kann doch nicht alles einfach stehenlassen. Das mußt du doch einsehen, mein Schatz.«

Jetzt redete er schon zum zweitenmal davon, daß er hier angebunden war. Dabei gab es überhaupt nichts, was unbedingt erledigt werden mußte. Daß er nicht herumwerkeln und sich über eingerollte Blätter den Kopf zerbrechen konnte, war das einzige, was er versäumen würde. Ach, Daddy, merkst du denn nicht, daß es gar nichts gibt, was du stehen- und liegenlassen müßtest? Aber wenn du es nicht merkst und ich es dir sage, würde ich dir damit zu verstehen geben, daß dein Leben aus nutzloser, sinnloser Trödelei besteht. Und das werde ich dir nicht sagen. Nicht dir, Daddy, der du mich als schreiendes Baby in den Armen gewiegt hast, der du mir Rhetorikkurse bezahlt hast, damit ich gut reden lerne, der du für das Hochzeitsmahl, das Gus mickrig fand, so tief in die Tasche gegriffen hast, der du mir mit dem Sektglas lächelnd zugeprostet und gesagt hast: »Deine Mutter hätte sich gefreut, wenn sie diesen Tag noch hätte erleben dürfen. Die Hochzeit einer Tochter ist etwas ganz Besonderes.« Nein, Daddy, ich werde dir nicht sagen, daß dein Leben nichtig ist.
Die gutmütige Frau und ihr Vater waren wahrscheinlich schon in Folkestone oder in Dover oder Newhaven, als Rose zu ihrem Vater sagte, er habe natürlich recht, es sei einfach nur so eine verrückte Idee gewesen, aber sie sollten sich das unbedingt fest für später vornehmen. Ja, das sollten sie wirklich, und wenn sie in ein paar Tagen zurückkäme, würden sie ausführlich darüber sprechen; vielleicht klappte es im nächsten Sommer.
»Oder wenn ich in den Ruhestand gehe«, meinte Roses Vater, dessen Wangen allmählich wieder Farbe beka-

men. »Wenn ich Rentner bin, habe ich viel Zeit, das alles genau zu überdenken und zu planen.«

»Eine gute Idee, Daddy«, pflichtete Rose ihm bei. »Eine sehr gute Idee. Das nehmen wir uns vor für die Zeit, wenn du in Rente gehst.«

Sein Gesicht verzog sich zu einem Lächeln. Ein Aufschub. Die Rettung. Hoffnung.

»Wir schmieden noch keine konkreten Pläne, aber wir behalten es sozusagen im Hinterkopf als etwas, was wir besprechen und machen wollen. Ja, das ist viel sinnvoller.«

»Meinst du das ernst, Rose? Also, ich finde, das ist eine wunderbare Idee«, erwiderte er, ängstlich bemüht, aus ihrer Miene Zustimmung zu lesen.

»Ja, wirklich, Daddy. Ich bin sicher, das ist viel vernünftiger«, bestätigte sie und fragte sich, warum man aus Liebe so oft lügen mußte.

Maeve Binchy

EIN HAUS IN IRLAND

Voller Verständnis für die Nöte und Schwächen der Menschen erzählt Maeve Binchy das Schicksal zweier Frauen, die Geschichte einer großen Liebe und von den Ereignissen einer kleinen Straße in Dublin.

»Maeve Binchys Romane sind weit mehr als herzbewegende Edelschmonzetten, es sind wunderbar altmodische, feinfühlige Erzählwerke voller Überraschungen.«

Angela Gatterburg im Spiegel

Droemer

Lisa Carey

DAS LIED DER INSEL

Drei Generationen – drei Frauen – und ihre Sehnsucht nach einem kleinen irischen Eiland: Eine Sehnsucht, die sie umtreibt auf der Suche nach einem anderen Leben, doch ihre Seele ist erfüllt von dem Singen der Meerjungfrauen in den Höhlen der Felsküsten ihrer irischen Heimat.

Ein Roman über starke Frauen mit glaubhaften Charakteren, die wachsen und sich verändern.

Knaur